关键词：忧、月照、词赋　　关键词：风烟、空山、日月

三十年前梦，　　　千里风尘濒洞寒，
诗句一番秋。　　　百年天地一人看。
不知何处是，　　　平生石鼎云霞诀，
几回相望愁。　　　只有佺侗境外安。

图 5.1　基线模型以多关键词为输入所生成的诗歌，下画线标出了未表达的关键词

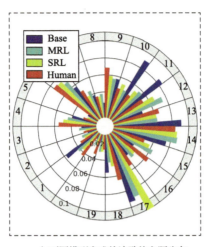

a）不同模型生成的诗歌的主题分布

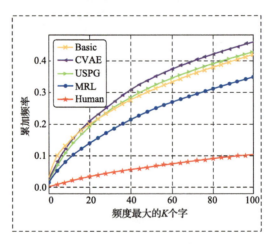

b）不同模型生成的诗歌中高频字的覆盖率

图 6.4　MRL 新颖性分析

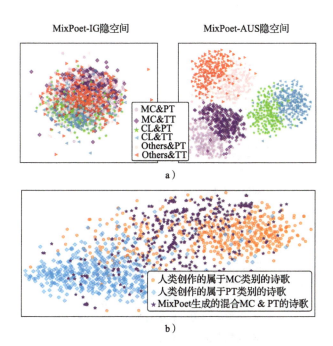

图 7.5 a）MixPoet-IG 和 MixPoet-AUS 的隐空间可视化；
b）MixPoet 生成的诗歌和人类诗作的分布可视化。
各简写对应的因素类别详见表 7.1

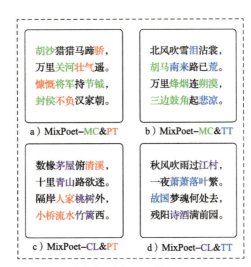

图 7.7 MixPoet 生成的混合了不同风格因素的诗歌。符合不同因素类别的词汇和短语分别用不同颜色进行了标记

CCF优博丛书

具有文学表现力的中文古典诗歌自动写作方法研究

An Algorithmic Study
on Chinese Classical Poetry Composition
with Literary Expressiveness

矣晓沅———著

机器能否创作诗歌？这一疑问可追溯至 20 世纪阿兰·图灵的论文。为回答该问题，本书创新性地聚焦于诗歌的文学特性和文学表现力，并开展了系统深入的研究。书中的模型设计摆脱了单一的计算思维，广泛借鉴语言学、认知学、心理学、诗词学等学科的知识，兼具基础计算方法和交叉学科视角。

本书分析了诗歌自动创作的研究背景和意义，详细梳理了该领域的历史沿革，随后针对诗歌的连贯性、扣题性、新颖性、风格化等问题，逐一系统性地设计了相应的解决方案，最后介绍了基于本书方法构建的中文古典诗歌生成系统"九歌"。

本书适合具备相关数学、编程基础的研究和开发者阅读，也可为数字人文领域的学者提供一定的参考和借鉴。

图书在版编目（CIP）数据

具有文学表现力的中文古典诗歌自动写作方法研究 / 矣晓沅著. —北京：机械工业出版社，2022.10（2024.4 重印）
（CCF 优博丛书）
ISBN 978-7-111-71407-1

Ⅰ. ①具… Ⅱ. ①矣… Ⅲ. ①自然语言处理-应用-诗歌创作-研究 Ⅳ. ①I052②TP391

中国版本图书馆 CIP 数据核字（2022）第 149887 号

机械工业出版社（北京市百万庄大街 22 号　邮政编码 100037）
策划编辑：梁　伟　　　　　责任编辑：游　静
责任校对：肖　琳　王　延　封面设计：鞠　杨
责任印制：李　昂
北京中科印刷有限公司印刷
2024 年 4 月第 1 版第 2 次印刷
148mm×210mm · 8.375 印张 · 2 插页 · 157 千字
标准书号：ISBN 978-7-111-71407-1
定价：49.00 元

电话服务　　　　　　　　网络服务
客服电话：010-88361066　机　工　官　网：www.cmpbook.com
　　　　　010-88379833　机　工　官　博：weibo.com/cmp1952
　　　　　010-68326294　金　书　网：www.golden-book.com
封底无防伪标均为盗版　　机工教育服务网：www.cmpedu.com

CCF 优博丛书编委会

主　任　赵沁平
委　员　（按姓氏拼音排序）：
　　　　陈文光　陈熙霖　胡事民
　　　　金　海　李宣东　马华东

丛书序

博士研究生教育是教育的最高层级，是一个国家高层次人才培养的主渠道。博士学位论文是青年学子在其人生求学阶段，经历"昨夜西风凋碧树，独上高楼，望尽天涯路"和"衣带渐宽终不悔，为伊消得人憔悴"之后的学术巅峰之作。因此，一般来说，博士学位论文都在其所研究的学术前沿点上有所创新、有所突破，为拓展人类的认知和知识边界做出了贡献。博士学位论文应该是同行学术研究者的必读文献。

为推动我国计算机领域的科技进步，激励计算机学科博士研究生潜心钻研，务实创新，解决计算机科学技术中的难点问题，表彰做出优秀成果的青年学者，培育计算机领域的顶级创新人才，中国计算机学会（CCF）于2006年决定设立"中国计算机学会优秀博士学位论文奖"，每年评选不超过10篇计算机学科优秀博士学位论文。截至2021年已有145位青年学者获得该奖。他们走上工作岗位以后均做出了显著的科技或产业贡献，有的获国家科技大奖，有的获评国际高被引学者，有的研发出高端产品，大都成为计算机领域国内国际知名学者、一方学术带头人或有影响力的企业家。

博士学位论文的整体质量体现了一个国家相关领域的科技发展程度和高等教育水平。为了更好地展示我国计算机学科博士生教育取得的成效，推广博士生科研成果，加强高端学术交流，中国计算机学会于2020年委托机械工业出版社以"CCF优博丛书"的形式，陆续选择2006年至今及以后的部分优秀博士学位论文全文出版，并以此庆祝中国计算机学会建会60周年。这是中国计算机学会又一引人瞩目的创举，也是一项令人称道的善举。

希望我国计算机领域的广大研究生向该丛书的学长作者们学习，树立献身科学的理想和信念，塑造"六经责我开生面"的精神气度，砥砺探索，锐意创新，不断摘取科学技术明珠，为国家做出重大科技贡献。

谨此为序。

中国工程院院士
2022年4月30日

推荐序 I

在人工智能技术迅猛发展的今天，通过深度学习或统计学习方法进行诗歌自动生成的建模，展现了智能技术与文学相结合的魅力。矣晓沅博士的作品《具有文学表现力的中文古典诗歌自动写作方法研究》以提升中文古典诗词自动写作结果的审美感受为主要关注点，探索出一套行之有效的方法。作者的研究工作首先在诗词自动生成的语义连贯性和扣题性两个方面保证了生成结果的质量，即一首自动生成的古典诗词应该是描写同一个主题的、语义恰当、语句通顺的作品。随后，为了改善自动生成的古典诗词的新颖性，其生成系统选择了特定约束条件下的生僻词语，以取得新奇效果；为了表现出自动生成的古典诗词的某种风格，其生成系统构建了关于不同题材和对比背景的模型，以生成如"盛世乡村"或者"乱世军旅"风格的诗词。基于本书研究工作实现的"九歌"中文古典诗词生成系统产生了良好的社会影响。对于诗歌创作来说，自动系统的优势在于"快"与"量"，而人工润色只需选择与修改——这样的人机交互将会帮助人类创作出更多更好的作品来。

赵铁军
哈尔滨工业大学教授
2022 年 5 月 10 日

推荐序 II

用 AI 科技之光唤醒你的诗情

> 孤篷一夜笛声中，
> 回首江南万里风。
> 我欲乘槎沧海去，
> 与君同作钓鱼翁。

前两句写景色：广阔的万里江南景色衬托出一叶孤舟的渺小与漂泊。后两句由景及情，写出了作者的心绪：不再过问红尘俗世，也乘上一艘小木筏遁入沧海，成为茫茫沧海上的钓鱼翁，悠然自在。

你能够想象这是人工智能系统做出来的吗？是的，它是清华大学"九歌"系统的杰作。而这个系统的主要贡献者之一，就是本书的作者矣晓沅。其导师是清华大学孙茂松教授。

早在一个世纪前，西班牙诗人安东尼奥·马查多就曾想象过利用"写诗机"满足大众对于抒情诗的渴求。20 世纪 50 年代，德国数学家西奥·卢茨和语言学家马克斯·本泽借助一台计算机利用从卡夫卡小说《城堡》中提取出来的若干词汇编写了几条德语诗句,据说这就是第一首计算机创作的诗歌。中国一些学者曾研究过利用计算机基于人工总结的诗词格律规则的古典诗词创作。我也曾经着迷与此。2005年,我所领导的微软研究院自然语言计算小组基于统计机器翻译原理开发的"微软对联"曾经风靡一时。2017年微软小冰采用了宋睿华博士基于深度学习模型研发的计算机诗歌技术出版了第一部人工智能诗集《阳光失了玻璃窗》。近几年,随着基于Transformer技术的预训练语言模型的普及,计算机创作的水平达到了更高的程度。未来你可能真不知道某一首诗是人类作家写的还是计算机写的。

本书不落窠臼,摒弃了将诗歌生成看作简单的序列预测的传统模式,聚焦于诗歌的文学特性,围绕提升诗歌的文学表现力,创新性地从构成表现力的文本质量和审美特征两个层面切入,进行了系统深入的研究。模型的设计并未仅停留在单纯的"计算"层面,而是广泛地从语言学、认知学、心理学、诗词学等学科和人类写作技法中"取经",体现出作者坚实的专业基础和广博的知识储备。基于本书内容开发的作诗系统"九歌"曾获得多个学术奖项并登上央视一套展示,为遍布140余个国家和地区的用户累计创作数千万首诗词,得到了领域内的广泛认可,并为弘扬中华传统诗词文化和普及人工智能基础知识发挥了积极作用,产生了良好的社会影响。

机器的创造力某种程度上源自算法的随机性，然而技术的智慧与人类的诗意或许也能碰撞出灵感的火花，给予创作者一些启迪，实现人与机器的相互促进、相伴而行，一如该作诗系统之名"九歌"，由屈原之源而来，向未来久久而歌。相信阅读本书的读者不仅能在技术方法上得到启发，亦能在这浮躁的时代，被 AI 科技之光唤醒心中的诗情，并把她浪漫地写在祖国大地上。

周 明

澜舟科技创始人兼 CEO、中国计算机学会副理事长

2022 年 5 月 16 日

导师序

诗歌是人类文明的瑰宝。古希腊先哲亚里士多德在其传世之作《诗学》中指出:"诗是一种比历史更富哲学性、更严肃的艺术。"中国古典诗歌更是中华文化的基因和财富。

诗歌自动生成这一方向虽相对小众,但具有很强的文理交叉特点,需要同时考虑形式、韵律及意义等多方面约束,还要有高度的文学性,极具难度,对探索机器智能深具理论和方法上的意义,也有丰富的应用场景。徐志摩在《诗刊弁言》中曾说:"我们信诗是表现人类创造力的一个工具。"同样地,诗歌也是表现机器创造力的一个工具。

本书凝练出自动生成中国古典诗歌亟待解决的多个关键科学问题,并紧扣这些问题在深度学习架构下及在中国古典文学创作理论、认知心理学记忆理论启发下,深入开展具有文学表现力的高质量诗歌生成研究,提出了一套体系化的生成中国古典诗歌的基础方法,并构建了在线作诗系统"九歌"。"九歌"系统已为遍布140余个国家和地区的用户累计创作了数千万首诗词,得到了领域内广泛的认可,产生了良好的社会影响。

"人物由来造化工,**工(功)**夫元自有神功。**智**心本是无生理，能使文章一点通。"诗歌自动生成技术至今仍面临着很多挑战和争议，但这首由"九歌"系统所"创作"的藏头诗或许点出了机器作诗的未来前景：借助 AI 的"智心"辅助人类创作出可媲美"造化之工"的作品。相信读者一定能从本书中获得启发，进而携手 AI，共同延续起于两千多年前屈原的诗歌文化，在追求诗意的道路上步履不停、奔向远方。

孙茂松
清华大学教授
2022 年 6 月

摘 要

自然语言生成(Natural Language Generation,NLG)是自然语言处理(Natural Language Processing,NLP)的重要组成部分。诗歌作为一种高度文学化、艺术化、凝练化的语言形式,在数千年历史中对人类文化和社会的发展产生了深远影响。其中,中文古典诗歌用语简洁、形式规整,同时内容丰富、情感细腻,从而成为研究自然语言生成理想的切入点。中文古典诗歌自动写作方法的研究始于20世纪末,因其丰富的研究价值,近年来逐渐成为自然语言处理领域的又一热点。从研究角度来说,该任务有助于探索人类写作的内在计算机理和构建可计算性创造力;从应用角度来说,该任务在趣味娱乐、智能教育、文学研究等方面都有广泛的应用场景。

传统方法往往将诗歌自动写作看作简单的序列预测/映射任务,忽略了诗歌作为一种文学体裁所具有的特性。这一方面导致生成的诗作存在上下文不连贯和扣题性差等问题,损害了诗歌的可读性;另一方面使得生成的诗歌趋于雷同,不具备足够的新颖性和趣味性。这些问题严重损害了用户对自动作诗系统的使用体验,限制了下游应用的有效构建。针对上述不足,本书致力于提升生成的诗歌的**文学表现力**(Literary Expressiveness),并从构成文学表现力的两个层面——**文本质量**和**审美特征**切入，针对其所面临的研究挑战逐一地、系统性地提出了相应的解决方案。

在文学表现力的文本质量层面，本书主要关注并解决自动生成的诗歌的**连贯性**和**扣题性**问题。针对连贯性，我们创新性地提出了显著线索机制和工作记忆模型两个方法，用以排除诗句生成过程中上文无关噪声的干扰，进而提升自动生成的一首诗歌中各个诗句之间的关联程度和整体性。对于扣题性，我们设计了单独的主题记忆模块并结合文本风格转换技术，分别处理输入为多关键词和完整语句的情况，以促使生成的诗歌在主题和内容上与用户的输入紧密关联。

在文学表现力的审美特征层面，本书重点研究并处理诗歌的**新颖性**和**风格化**问题。针对新颖性，我们采用强化学习方法直接进行建模并量化诗歌质量评测的人工指标，以激励模型在用词和行文上更加靠近人类。对于风格化，我们设计了一种新颖的隐空间风格因素混合方法，以赋予所生成的诗歌鲜明且可控的风格特征。

此外，对上面提出的方法，我们都进行了工程化实现，并集成构建了在线中文古典诗歌自动写作系统——"九歌"。该系统自上线至今累计获得数千万访问量，在学术界以及大众中产生了广泛且积极的社会影响。

关键词： 诗歌自动写作；中文古典诗歌；
自然语言生成；作诗系统

ABSTRACT

Natural Language Generation (NLG) is an essential branch of Natural Language Processing (NLP). As a highly literary and artistic form of language, poetry has a far-reaching influence on the development of human culture and society. Among various poetry genres, Chinese classical poetry, with its concise expressions and regular forms, as well as colourful content and delicate feelings, could be an ideal entry point of investigating NLG. Research on the automatic composition of Chinese classical poetry could date back to the end of the 20th century and has gradually become another research focus due to its considerable research value. From the perspective of explorations, this task could promote the study of human writing mechanism and the construction of computational creativity; From the perspective of applications, this task could benefit a wide range of products, such as entertainments, intelligent assistants of education, and literary research.

ABSTRACT

Traditional methods usually regard automatic poetry composition as a kind of sequence prediction/mapping task but neglect poetry's literary properties. Such a practice, for one thing, leads to context inconsistency and poor topic relevance of generated poetry; for another, it makes generated poems indistinguishable from each other, which hurts novelty and interest. Such defects cause a poor user experience of these systems and severely limit their effectiveness in downstream applications. To tackle these problems, we make an effort to improve the **literary expressiveness** of generated poems. To this end, we handle two critical components of literary expressiveness, namely **textual quality** and **aesthetic feature**, and systematically propose solutions for each corresponding research challenge.

For textual quality, we mainly consider context coherence and topic relevance of generated poems. For better context coherence, we innovatively propose two methods, Salient Clue Mechanism and Working Memory Model, to eliminate noise in context during the generation process of a poem, enhancing the relevancy of different lines and the consistency of theme and topic. To improve topic relevance, we design a separate topic memory and adopt text style transfer techniques to handle multiple keywords and a whole sentence inputs respectively, making the generated poetry closely related to user inputs.

For aesthetic features, we focus on the novelty and stylization of generated poems. To promote novelty, we model and quantify each human evaluation criterion to encourage the model to write humanly. To achieve stylization, we devise a novel Mixed Latent Space method to endow generated poems with distinctive and controllable styles.

Furthermore, we have implemented all methods mentioned above and integrated them into our online Chinese classical poetry composition system, **Jiuge**. Since its release, our system has been used more than twenty million times, having a profound and positive impact on both the academic community and the public.

KeyWords: Automatic Poetry Composition; Chinese Classical Poetry; Natural Language Generation; Poetry Composition System

目 录

丛书序

推荐序Ⅰ

推荐序Ⅱ

导师序

摘要

ABSTRACT

插图索引

表格索引

符号和缩略语说明

第1章　引言

1.1　诗歌自动写作的研究背景 ……………………………… 1

1.2　诗歌自动写作的研究意义 ……………………………… 4

　　1.2.1　探索机器智能 ……………………………………… 4

　　1.2.2　助力下游应用 ……………………………………… 7

　　1.2.3　促进文艺发展 ……………………………………… 9

1.3　现有工作存在的问题 …………………………………… 11

1.4　本书主要的研究内容 …………………………………… 12

　　1.4.1　本书研究的文学表现力 …………………………… 13

　　1.4.2　本书的整体研究框架 ……………………………… 15

第 2 章　诗歌自动写作相关工作

- 2.1　早期探索阶段 ·· 21
- 2.2　规则和模板阶段 ··· 22
- 2.3　统计机器学习阶段 ·· 24
- 2.4　人工神经网络阶段 ·· 26

第 3 章　中文古典诗歌自动写作基础设计

- 3.1　诗歌生成流程 ·· 31
- 3.2　格律基础介绍 ·· 34
- 3.3　格律自动控制 ·· 36
  - 3.3.1　格律嵌入 ··· 37
  - 3.3.2　先验约束 ··· 40
- 3.4　诗歌质量评测方法 ·· 41
  - 3.4.1　人工评测方法 ·· 41
  - 3.4.2　自动评测方法 ·· 43
  - 3.4.3　诗歌评测方法讨论 ···································· 46

第 4 章　诗歌文本质量：连贯性提升

- 4.1　问题分析 ··· 49
- 4.2　基于显著线索机制的连贯性提升 ···························· 53
  - 4.2.1　模型框架 ··· 53
  - 4.2.2　实验设置 ··· 60

	4.2.3 实验结果 …………………………………	62
	4.2.4 实例分析 …………………………………	65
4.3	基于工作记忆模型的连贯性提升 …………………	68
	4.3.1 模型框架 …………………………………	69
	4.3.2 实验设置 …………………………………	75
	4.3.3 实验结果 …………………………………	77
	4.3.4 实例分析 …………………………………	82
4.4	本章小结 ………………………………………	83

第5章 诗歌文本质量：扣题性优化

5.1	问题分析 ………………………………………	84
5.2	基于主题记忆模块的扣题性提升 …………………	85
	5.2.1 模型框架 …………………………………	87
	5.2.2 实验设置 …………………………………	89
	5.2.3 实验结果 …………………………………	91
	5.2.4 实例分析 …………………………………	93
5.3	基于风格实例支撑的隐空间的扣题性提升 …………	94
	5.3.1 设计思路 …………………………………	96
	5.3.2 模型框架 …………………………………	100
	5.3.3 实验设置 …………………………………	109
	5.3.4 实验结果 …………………………………	111
	5.3.5 实例分析 …………………………………	113
5.4	本章小结 ………………………………………	115

第 6 章　诗歌审美特征：新颖性增强

- 6.1　问题分析 …………………………………………… 118
- 6.2　模型框架 …………………………………………… 123
  - 6.2.1　基础生成模型 ………………………………… 123
  - 6.2.2　单生成器强化学习 …………………………… 125
  - 6.2.3　互强化学习 …………………………………… 132
- 6.3　实验及分析 ………………………………………… 136
  - 6.3.1　实验设置 ……………………………………… 136
  - 6.3.2　实验结果 ……………………………………… 139
  - 6.3.3　分析及实例 …………………………………… 143
- 6.4　本章小结 …………………………………………… 150

第 7 章　诗歌审美特征：风格化实现

- 7.1　问题分析 …………………………………………… 152
- 7.2　模型框架 …………………………………………… 157
  - 7.2.1　半监督 CVAE 生成模型 ……………………… 158
  - 7.2.2　隐空间解耦及混合 …………………………… 162
- 7.3　实验及分析 ………………………………………… 167
  - 7.3.1　实验设置 ……………………………………… 167
  - 7.3.2　实验结果 ……………………………………… 171
  - 7.3.3　分析及实例 …………………………………… 175
- 7.4　本章小结 …………………………………………… 181

第 8 章　中文古典诗歌在线自动写作系统——九歌

8.1　九歌系统简介 ································· 183
8.2　九歌系统的架构设计 ·························· 186
　　8.2.1　输入预处理模块 ······················ 188
　　8.2.2　生成模块 ······························· 191
　　8.2.3　后处理模块 ···························· 192
　　8.2.4　人机协同交互修改模块 ············ 193
　　8.2.5　反馈模块 ······························· 194
　　8.2.6　语料及部署 ···························· 195
8.3　九歌系统的开源资源 ·························· 195
8.4　九歌系统的社会影响 ·························· 196
8.5　九歌系统诗作示例 ···························· 197

第 9 章　总结与展望

9.1　主要贡献 ··· 199
9.2　未来工作展望 ··································· 201

参考文献 ·· 207
附录　更多九歌系统生成的诗词 ················· 230
致谢 ·· 233
丛书跋 ··· 236

插图索引

图 1.1 诗歌自动写作任务描述 ·················· 3

图 1.2 诗歌自动写作的应用场景广泛 ············· 7

图 1.3 本书的研究框架 ······················ 18

图 2.1 诗歌自动写作发展历程 ················· 20

图 3.1 诗歌生成流程示意图 ··················· 33

图 3.2 部分格律模式及对应的示例诗歌。⊙表示可平可仄,"韵"表示此处的字需要押韵 ············ 36

图 3.3 人工评分和 BLEU 值的相关性。测试诗歌为 64 首绝句,皮尔森相关系数为 0.69。BLEU 值按所得最高分归一化至 [0, 5] 区间,人工评分取多个指标的平均分 ······················· 44

图 4.1 人类创作的诗歌和机器生成的诗歌上下文连贯性对比 ···························· 50

图 4.2 现有工作利用上文信息的两种方式 ··········· 52

图 4.3 显著线索机制 ······················· 54

图 4.4 显著性计算示例。x 轴为输入句,y 轴为生成句。颜色越浅表示注意力的权重越大(白色表示权重大,黑色表示权重小) ············· 57

图 4.5 显著性选择测试结果。显著线索构造策略采用 BLEU 得分最高的 SSI。Random:从每一个生成

的诗句中随机选择 K 个字。我们重复取三次进行测试，并展示平均结果。TF-IDF：直接 TF-IDF 值最大的 K 个字。naive：简单显著性。Top$K$：取显著性得分最大的 K 个字。SSal：按照所提出的显著性选择算法（算法 4.1）进行选择 ············ 64

图 4.6 不同模型分别以"扬州""秋雁"为关键词生成的绝句。SC 模型选出的显著字用下画线进行了标记。方框/圆框分别标记了不一致/连贯的内容 ··· 67

图 4.7 SC 模型产生的负例。输入关键词为"细雨"，选出的显著字用下画线进行标记，黑色方框和箭头标出了不一致的内容 ······················ 68

图 4.8 工作记忆模型 ··· 70

图 4.9 自动评测结果 ··· 78

图 4.10 a) 词和歌词生成任务上，不同的历史记忆槽数量 K_1 下的 BLEU 和 PPL；b) 词生成任务上，PPL 随一首词内句子数的变化曲线 ········· 81

图 4.11 a) WM 模型以"柳"和"思君"为关键词生成的一首《忆王孙》；b) 生成左图最后一句时，WM 模型对记忆模块读取权重 α_t 的可视化，颜色越深表示权重越大 ····················· 82

图 5.1 基线模型以多关键词为输入所生成的诗歌，下画线标出了未表达的关键词（见彩插）········ 85

图 5.2	现有工作利用多关键词的两种方式	86
图 5.3	扣题性评测结果	92
图 5.4	不同模型生成的绝句实例	94
图 5.5	现代汉语输入的简单处理及不同文本的高频字覆盖率	95
图 5.6	文本风格转换的两种主流方法	98
图 5.7	StyIns 模型结构图	101
图 5.8	人工评测结果	113
图 5.9	不同模型转换得到的诗句实例，实线/虚线分别标出了 CPLS/StyIns 遗漏的源语句内容	114
图 5.10	StyIns 对歌词、散文等文体的语句进行转换得到的结果实例	115
图 6.1	现有模型生成的诗歌新颖性较差	119
图 6.2	人类诗歌写作教学过程与强化学习训练相一致	123
图 6.3	评分器自动评分结果	140
图 6.4	MRL 新颖性分析（见彩插）	145
图 6.5	不同模型生成的诗歌的 TF-IDF 分布。此处我们展示真实统计得到的 TF-IDF 值，而非模型近似预测的数值 $\widetilde{R}_1$	146
图 6.6	SRL 和 MRL 的学习曲线	147
图 6.7	不同模型生成的诗歌对比。同一组中的诗歌以相同关键词作为输入。实线和虚线分别标出了无意义和令人费解的内容，方框标出了有实际语义且新颖的内容	149

图 7.1　a）不同诗人留存诗作数量；b）同一诗人不同风格的诗作 ········· 154

图 7.2　不同因素对诗人创作的影响示例 ········· 156

图 7.3　MixPoet 模型结构 ········· 158

图 7.4　风格控制准确率。我们同时汇报了准确率和 Macro-F1 值 ········· 173

图 7.5　a）MixPoet-IG 和 MixPoet-AUS 的隐空间可视化；b）MixPoet 生成的诗歌和人类诗作的分布可视化。各简写对应的因素类别详见表 7.1（见彩插） ········· 177

图 7.6　在每一个因素混合上取得分类器 $p_\omega(y|w)$ 最高预测概率的关键词 ········· 178

图 7.7　MixPoet 生成的混合了不同风格因素的诗歌。符合不同因素类别的词汇和短语分别用不同颜色进行了标记（见彩插） ········· 180

图 8.1　九歌系统界面 ········· 185

图 8.2　九歌系统架构 ········· 187

图 8.3　PKG 和 PWCG 示意图 ········· 190

图 9.1　a）人类基于知识联想的创作；b）人类的写景抒情与外部知识信息紧密相关 ········· 202

图 9.2　古典诗歌中丰富的修辞手法 ········· 205

表格索引

表 4.1　自动评测结果 ································· 63

表 4.2　人工评测结果。上标 ∗(p<0.01) 表示我们的 SC 模型显著优于其他基线模型；上标+(p<0.01) 表示人类显著优于所有被比较的模型。组内相关系数（Intraclass Correlation Coefficient）为 0.596，表明不同评测者之间的标注一致性是能够接受的 ··· 65

表 4.3　数据集统计 ····································· 77

表 4.4　人工评测结果。上标 ∗(p<0.01) 表示我们的 WM 模型显著优于其他基线模型；上标+(p<0.01) 表示人类显著优于所有被比较的模型。组内相关系数（Intraclass Correlation Coefficient）为 0.5，表明不同评测者之间的标注一致性是能够接受的 ··· 79

表 5.1　数据集统计 ··································· 109

表 5.2　自动评测结果。↑/↓分别表示数值越高/低越好 ··· 112

表 6.1　新颖性自动评测结果。↑表示数值越高越好，↓表示越低越好。%表示表中数值是计算得到的原始数值乘以 100 后的结果 ··············· 142

表 6.2 人工评测结果。上标 * ($p<0.01$) 表示我们的 MRL 模型显著优于其他基线模型；上标 + ($p<0.01$) 表示人类显著优于所有被比较的模型 ………… 143

表 7.1 风格因素类别及对应简写 ………… 168

表 7.2 CQCF 数据集统计，UNK 表示对应的类别未知 ………… 169

表 7.3 诗歌质量人工评测结果。MixPoet 自动为每个关键词预测最合适的风格标签组合。上标 ** ($p<0.01$) 表示 MixPoet 模型显著优于其他基线模型；上标 + ($p<0.05$) 和上标 ++ ($p<0.01$) 表示 Human 显著超过所有模型。不同评测者之间的二次加权 Kappa 系数（Quadratic Weighted Kappa）为 0.67，表明评测一致性是能够接受的 ………… 174

符号和缩略语说明

AI	人工智能（Artificial Intelligence）
NN	神经网络（Neural Network）
NLP	自然语言处理（Natural Language Processing）
NLG	自然语言生成（Natural Language Generation）
RNN	循环神经网络（Recurrent Neural Network）
GRU	门控循环单元（Gated Recurrent Unit）
LSTM	长短期记忆网络（Long Short-Term Memory）
Seq2Seq	序列到序列（Sequence to Sequence）
MLP	多层感知器（Multi-Layer Perceptron）
CNN	卷积神经网络（Convolutional Neural Network）
GAN	生成式对抗网络（Generative Adversarial Network）
VAE	变分自编码器（Variational Autoencoder）
RL	强化学习（Reinforcement Learning）
SMT	统计机器翻译（Statistical Machine Translation）
NMT	神经机器翻译（Neural Machine Translation）
MLE	极大似然估计（Maximum Likelihood Estimation）
IR	信息检索（Information Retrieval）
MI	互信息（Mutual Information）
PPL	困惑度（Perplexity）

第1章

引言

1.1 诗歌自动写作的研究背景

语言智能,即"有效地利用语言进行描述、表达、抒情和交流的能力",是人类智能的重要体现之一[1]。理想的人工智能(Artificial Intelligence,AI)不仅能顺利理解人类的语言,也理应能自然地使用人类的语言进行交流,这也是自然语言生成(NLG)的长远目标之一[2]。为实现这一目标,作为自然语言处理的关键分支之一,自然语言生成自20世纪50年代开始即以机器翻译等任务形式进入研究者的视野,在经历了半个多世纪的长足发展后,逐渐产生了包含诗歌自动写作在内的诸多子任务。

在众多语言形式中,诗歌是一种高度文学化、艺术化和凝练化的特殊形式,贯穿数千年的人类历史进程。无数诗人以诗歌描写佳景、记载事件、论述哲思、抒发情怀,留下了浩如烟海的诗篇。这些诗歌记录了不同时代的民生百态,反映着诗人的心境情怀和伦理思辨，成为不同文化传承的脉络与载体，对人类社会的发展产生了深远影响。其中，中文古典诗歌表达简洁、形式规整，同时内容丰富、情感细腻、风格多样，是研究自然语言生成时较为理想的切入点。通过中文古典诗歌自动写作来研究人工智能的语言表达能力，可以忽略现代诗、小说等自由文体中存在的形式多变、体裁众多、主题繁杂等问题，集中探索诗句的语义关联、主题表达、行文风格等研究要点，进而对自然语言生成的基础方法有更深入的理解。

本书主要关注中文古典诗歌自动写作任务。广义上，中文古典诗歌泛指"中国古代基于文言文和传统格律创作的诗文"，涵盖诗、词、曲、赋等多种体裁；狭义上，中文古典诗歌仅指古体诗和近体诗[3]。在本书中，我们重点关注近体诗和词。近体诗又称格律诗，形成于唐代，每首诗中的句数、每句的字数和用韵、每字的平仄等都有严格的模式；词又称长短句，始于隋唐，兴于宋代，具有多种格律和长度模式，每一种模式称为一个词牌[4]。近体诗和词既有规则的形式，又具有丰富的语义，在诗歌鉴赏和写作中都被广泛采用，可以看作格律诗的代表性体裁。在本书的剩余部分，若无单独说明，则统一以"诗歌"特指这两种体裁。

如图 1.1 所示，诗歌自动写作是指用户给定某种形式的输入，例如一个或多个关键词、描述性的语句，抑或是图片等多模态内容，诗歌生成模型依据用户的输入，自动生成一首完整的诗歌。所生成的诗歌既要满足一定的形式要求，如字数和格律的限制，又要满足多项语义要求，如生成的诗句必须文从字顺，上下文连贯一致，内容紧密围绕用户的输入展开，遣词造句新颖多样等。

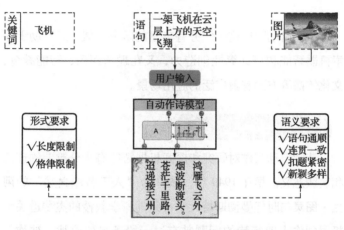

图 1.1 诗歌自动写作任务描述

近年来，基于大数据和神经网络的深度学习（Deep Learning）技术在多个任务上取得了显著的突破。例如，卷积神经网络（CNN）模型在以图像识别为代表的多个计算机视觉任务上都超越了人类[5-6]；强化学习（RL）模型在下围棋这一计算机推理任务上战胜了人类顶级选手[7]；基于注意力机制（Attention Mechanism）的序列到序列（Seq2Seq）模型[8-9]在机器翻译这一典型 NLP 任务上达到了可以商业化应用的程度[10-11]。然而，让神经网络模型从数十万首古人诗作中有效地学习，进而生成满足上述要求的诗歌，既有丰富的研究和应用价值，也面临诸多难题和挑战。

1.2 诗歌自动写作的研究意义

诗歌自动写作这一任务有丰富的研究价值，既有助于探索机器智能和可计算性创造力，又在趣味娱乐、智能教育、文化传播等方面有着广泛的应用场景。

1.2.1 探索机器智能

诗歌自动写作对研究和探索机器智能有十分重要的理论和实践意义。早在 1949 年，被称为"人工智能之父"的**阿兰·图灵**与时任曼彻斯特大学神经外科学教授的杰斐逊关于**机器创作十四行诗**的问题曾有过一段著名的论战，被称为图灵-杰斐逊辩论（The Turing-Jefferson Controversy）[12]。杰斐逊认为只有当机器能创作出诗歌或协奏曲时，他才同意机器可以等同于大脑[13]。针对这一观点，图灵在采访中机智而不失幽默地进行了回应，表示自己相信机器可以创作出诗歌[14]，并在其 1950 年发表的关于图灵测试（Turing Test）的著名论文中[15]，想象了一台能够创作诗歌并且对诗歌中的韵律和意象有深入理解的机器，用以反驳杰斐逊关于"机器仅仅只是人工地输出信号而没有智能"的观点。我国著名科幻作家刘慈欣在其创作的小说《诗云》中也描述了一个相关的故事：具有高度发达科技的外星文明将所有可能的古诗候选全部生成并存储了下来，却依然无法自动找出其中真正优秀的诗作。由此观之，诗歌自动写作这一任务不仅能对研究人工智能的基础理论方法有所启发，还对构建可计算性创造力和理解人类写作的内在计算机理具有积极的探索意义。

- **促进人工智能基础研究**：以围棋为例，对一个19行×19列的棋盘，每个点有落黑子、落白子、不落子3种情况，则所有可能的盘面数将达到 $3^{19 \times 19} \approx 2^{572}$ 种。如何从众多盘面中寻找到一条通向胜利的路径，考验的是人工智能的数理逻辑能力。与之相对的，假设汉字表中有10 000个汉字，则所有可能的七言律诗数量将达到 $10\,000^{56} \approx 2^{744}$ 首，远远超过围棋盘面数以及宇宙中所有的原子总数[⊖]。即使基于格律规则对这些可能的诗作进行过滤，剩余候选的数量依然极其庞大。诗歌自动写作要求从这些海量的候选中找到（或直接生成出）合辙押韵、意境优美，同时古人尚未创作过的诗歌。在这一任务上取得突破，对改进NLP模型的基础结构和计算理论等方面都有着积极的促进作用。

- **构建可计算性创造力**：创造力是人类智能的重要体现层面之一[16]。可计算性创造力（Computational Creativity）也称为人工创造力，是人工智能、认知科学、

⊖ https://en.wikipedia.org/wiki/Observable_universe。

艺术等多学科的交叉领域,致力于在计算机中构建创造力/创新性,以实现对人类水平的创新性行为的理解和学习,从而进一步强化人类本身的创新性①。诗歌作为一种具有创新性的艺术化文学形式,其自动写作为可计算性创造力的构建提供了一条具有潜力的探索路径[17-18]。著名认知科学家**玛格丽特·博登**将创造力分为组合型(Combinational)、探索型(Exploratory)和转换型(Transformational)这三种类型,并认为人工智能完全具备实现这三种创造力的潜能[16]。相关领域的研究者认为,自动诗歌写作已经可以看作人工智能初步实现了其中第一种类型——组合型创造力[19],并有可能启发更加复杂的可计算性创造力[20]。

- **理解人类写作计算机理**:文学写作是一类独特的人类智能活动,这一活动本身超越了"传递信息"的基本需求。文学语言,或者说诗意化的语言不仅仅具有一般日常语言的文字意义,还附带了更多意象性的信息[21]。没有专业的指导,大多数人在成长过程中也能自然地学会口头交流用语,然而掌握文学性的阅读和写作能力却需要接受多年的专业教育,对此,语言学和认知科学领域的研究者们提出了多种写作的计算理论模型[22]。人类大脑内部是否存在某种支持人类进行

---

① https://en.wikipedia.org/wiki/Computational_creativity。

文学写作活动的计算机理?对诗歌自动写作模型的研究也有助于探索和回答这一问题,进而强化人工智能的语言使用能力,并最终迈向人性化的人工智能(Humanizing AI)。

1.2.2 助力下游应用

如图 1.2 所示,除了上述研究价值,诗歌自动写作也有着广泛的应用场景。

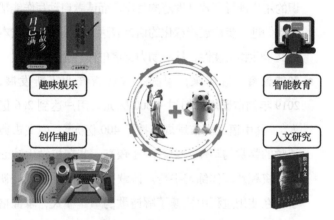

图 1.2 诗歌自动写作的应用场景广泛

- **趣味娱乐**。诗歌自动写作有助于构建丰富多彩的趣味性 AI 娱乐应用,例如自动写春联○、自动看图写诗○、

○ https://www.digitaling.com/projects/25929.html。
○ http://media.people.com.cn/n1/2017/0707/c40606-29388857.html。

互动写作游戏①等。这些应用可以让用户深度参与其中，创作出有趣的文字作品，并在春节、中秋节等节日时与亲朋好友分享，从而满足人民群众日益增长的精神文化需求。

- **创作辅助**。近年来，自媒体市场不断扩大，越来越多的自媒体人借助微信公众号等平台撰写文章、议论时事、发表见解，推动了多个智能创作平台的发展②。智能写作系统能有效辅助缺乏专业文学技能和背景知识的用户进行高效且规范的写作，而诗歌自动写作能帮助他们进一步构建诗意化的语言表达，提升所创作文本的文学性和可读性，从而助力文字创作产业的发展。
- **智能教育**。近年来，中国在线教育产业不断发展，2019年的市场规模超过4 000亿元，用户达到2.6亿人③，其中语文类市场规模接近400亿元④。中文古典诗歌的鉴赏与写作的学习门槛较高，非在校学生缺乏学习资源及写作练习平台。诗歌自动写作系统能让初学者在使用过程中快速了解诗歌的写作模式，掌握格律用韵规则和古典意象的搭配。同时，相关技术能为用户构建智能写作练习平台（例如人机联句、和诗等

---

① bbc. co. uk/h2g2game。
② http://ai. baidu. com/creation/main/index。
③ http://science. china. com. cn/2020-02/17/content_41061743. htm。
④ http://report. iresearch. cn/report/202008/3630. shtml。

交互类应用），有效辅助用户学习古典诗词。
- **人文研究**。随着计算机技术的发展，国内外兴起了一种人文研究的新范式——数字人文（Digital Humanities）。数字人文是指利用计算机技术系统地对人文学科的数字资源进行利用和分析^㊀。近年来，人工智能，尤其是自然语言处理技术被广泛地用于人文研究中的智能建模、文本分析、知识检索等任务[23]。诗歌自动写作系统中的相关技术，如词语关联、风格识别、知识图谱、诗句智能检索、格律检测等，都能直接助力中国古典文学领域的数字人文研究。

1.2.3 促进文艺发展

随着人工智能技术在诗歌等文学文本自动写作技术上的发展，文艺领域的学者对这一任务给予了越来越多的正面评价，并认为 AI 能在如下三个方面积极推动和促进人类的文学、艺术和审美的发展。
- **作为智能工具，辅助人类创作**。在文学写作领域，自动写作系统作为人类思想延伸的一种工具，为人类提供了全新的文艺展现手段。如同曾经出现的打字机和办公软件解放了人类的生产力一样，自动写作系统也能显著提升创作的效率和质量，同时将人类从重复性

㊀ https://en.wikipedia.org/wiki/Digital_humanities。

的简单写作这一劳动中解放，使人类能进行更具创造力和个性化的文学写作活动[24-27]。

- **作为反思之镜，激励人类创新。**众多文艺工作者逐渐认识到自动写作系统中蕴含的数学原理和语言规律，并将AI技术看作反映人类创作者和人类文化的一面镜子。一方面，不断发展的智能写作技术促使文艺工作者反思人类自身的重复化、劣质化创作，并激励他们不断挑战自我，持续发展写作技艺以超越AI[28-29]；另一方面，文艺工作者也肯定了人工智能技术带来的文艺创作观念和美学观念的变革，并积极探索应对这一变革的态度和方法[24,30]。

- **作为另一主体，协同人类创作。**伴随着技术的发展，人文学者也开始对创作活动中"人类唯一主体性"的观念进行重新审视[28,31]，同时积极尝试利用AI在文学创作中表现出的想象力和创造力，寻求人机互动、人机协同创作[24,27]，并从符号美学的角度，在一定程度上开始接受AI诗作的真实性[32]。

除上述所列举的内容之外，诗歌自动写作系统也有助于促进中华优秀传统诗词文化的传承与弘扬。在"一带一路"倡议的背景下，如何进一步促进我国优秀文化的传播成为又一关键挑战①。作为兼具趣味性和时尚性的应用，诗歌自动

---

① http://news.cyol.com/content/2017-06/23/content_16225546.htm。

写作系统能成为中文古典诗歌的一种新的展现形式，吸引更多国内外人士关注和学习诗歌，并在机器与人类诗作的阅读对比中，感受人类诗作中独特的情感、思辨与意境。在这一过程中，诗歌自动写作系统作为一种全新的载体，能进一步加强我国诗词文化的影响力，让中华诗词文化与人工智能技术相互启发，携手共进，交相辉映。

1.3 现有工作存在的问题

现有工作大多将诗歌自动生成看作一个简单的序列到序列（Seq2Seq）映射问题，即把一首诗看作一个单纯的文字序列，使用基础 Seq2Seq 模型[8-9]进行生成，而忽略了诗歌作为一种文学体裁所具有的特性。这一做法直接造成了现有工作中存在的以下四个方面的问题。

- **生成的诗歌上下文连贯性不足**。现有诗歌生成模型大多将诗歌看作文字符号的序列直接进行生成，而忽略了一首诗歌作为一种篇章级文本，其内部诗句的整体性和连贯性，导致生成的诗句的内容与上下文关联松散，主题前后不一致，破坏了一首诗作为一个整体的美感和意境，降低了用户的阅读体验。
- **生成的诗歌与输入相关性较低**。现有诗歌生成模型往往将用户输入的主题词压缩到单一的主题向量中，或是机械地嵌入每一句生成的诗句中，没有考虑对主题词的利用方式。这导致生成的诗歌倾向于描写与主题词无关的内容,或者使得主题词在诗歌中的表达缺乏完整性和灵活性,既降低了用户对诗歌自动写作系统的使用体验,也不利于下游应用的构建。

- **生成的诗歌内容趋于雷同**。现有诗歌生成模型在训练时通常以极大似然估计(MLE)进行优化,这导致模型倾向于记忆并生成训练数据中的高频模式,如高频字词、停用词等。当用户输入不同的主题词时,这些模型也倾向于生成雷同的诗歌。这一现象破坏了生成的诗歌的美感和新颖性,无法满足用户对诗歌进行阅读和赏析时的审美需求。
- **生成的诗歌缺乏鲜明的风格色彩**。现有诗歌生成模型大多采用端到端(End-to-End)的结构,即以用户主题词/标题为输入,以对应的古人诗作为目标直接进行训练,不考虑诗歌作为文学体裁理应具有的丰富多样的风格。这样的模型结构所学习到的概率空间坍缩在极小的范围内,不具有足够的风格区分度,从而导致生成的诗歌缺乏鲜明的风格色彩。这既不符合人类的创作模式,又降低了诗歌的趣味性和可读性。

1.4 本书主要的研究内容

针对现有工作面临的上述四个方面的问题,本书系统性地提出了强化**文学表现力（Literary Expressiveness）**的诗歌自动写作方法。本节首先阐明所研究的文学表现力的内涵，介绍构成表现力的两个层面以及相应的四个研究挑战（与上述四个方面的问题一一对应），然后再对本书的研究框架和针对每个挑战的解决思路进行简要说明。

1.4.1 本书研究的文学表现力

本书致力于提升自动生成的诗歌的文学表现力。在文学写作的语境下，表现力是指文本所展现出的在形象性、生动性、感染力等方面的强化和突出程度，与传统无表现力、无倾向性（neutral）的文本相对应。表现力本身并不传达与主体有关信息，而是增强和体现信息的附加内涵，属于一种言外之力（Illocutionary Force）[33-35]。

本书主要从表现力中的**文本质量（Textual Quality）**和**审美特征（Aesthetic Features）**两个层面入手，研究生成诗歌的文学表现力的提升方法。在文学研究领域，文学语言被认为超越了基本的信息传递功能，同时具有语言和审美的双重形态[36]，带有语义和审美两种类型的信息[37]。具体到诗歌而言，我国美学家朱光潜先生在其著作《诗论》中也有相关论述，他认为诗歌的表现由语言文字（文本）和情趣意象（审美）两方面构成。这二者相互联系，同时展开，共同完成了艺术的传达过程[38]。

对于文本质量，我们重点研究自动生成的诗歌的**连贯性**

和**扣题性**问题。相关文学理论表明，表现力可以从所需要表达的主题信息中构建，即通过一系列的处理，将无表现力的主题信息映射为适当的艺术性文本。其中，构成基本信息载体的两个要素分别是**作为一个整体的文本**以及**渗透贯穿整个文本的主题**[39]。作为基石的文本只有具备足够的质量，并能完整地、恰当地传达相应的语义信息，才有可能构建出较强的文学表现力。若文本自身语义混乱、主题缺失，不仅不能体现出表现力，还会让读者无法顺利完成阅读和理解过程。现有的深度学习模型大多能生成足够通顺流畅的语句，因此本书主要关注如何提升一首诗中的多个诗句作为一个整体的关联性紧密程度，即上下文连贯性（对应上述"作为一个整体的文本"）。此外，诗歌自动写作是一种条件性生成任务，诗歌的主题由用户的输入指定。所生成的诗句内容能否将用户的输入准确、恰当、灵活地表达，即扣题性（对应上述"渗透贯穿整个文本的主题"），对强化文学表现力和提升用户的使用体验至关重要。

对于审美特征，我们主要解决自动生成的诗歌的**新颖性**和**风格化**问题。文学性语言被认为是某种审美意识的产物，在一定程度上具有美学的本质[36]。相对应地，表现力则可以看作文学文本语域审美价值的一种度量[35]。文学文本具有多种审美特征，本书主要关注其中的新颖性和风格化。首先关注诗歌的新颖性。文学语言在传递原本语义信息的同时，需要通过提升张力和感染力等方式，尽可能吸引读者的关注。

要做到这一点,主要方法之一就是构建出新颖有趣的表达方式(用词、行文等方面)[40]。文学语言的新颖性和口头语言的习惯性相对应。相比于口头语言,新颖的文学语言可以增强读者在阅读过程中的新鲜感,因而新颖性也被称为陌生化[41]。其次关注诗歌的风格化。风格是表现力构成的要素之一[34,42],鲜明的风格色彩能显著增加生成诗歌的可读性和趣味性,可以提升读者在阅读过程中的审美体验,也有助于初学者利用诗歌自动写作系统学习、分析,进而创作出不同风格的诗作。

1.4.2 本书的整体研究框架

图 1.3 展示了本书的研究框架。我们致力于提升自动生成的诗歌的文学表现力,并针对构成表现力的文本质量和审美特征两个层面,重点关注和解决对应的连贯性、扣题性、新颖性和风格化四个研究难题。对于每一个难题,我们系统性地提出了如下解决方法并设计了对应的模型和算法。

- **连贯性**。现有模型生成诗歌的上下文之间存在过渡不自然、主题不一致、意境不完整等问题,这主要是在一首诗的生成过程中,生成每一句诗句时,模型对上文已生成诗句的利用方式不恰当造成的。对此,本书提出了显著线索机制(Salient Clue Mechanism)和工作记忆模型(Working Memory Model)两种方法。这两种方法能自动排除上文的噪声（如停用词等）干扰，只利用其中富有信息量的显著内容（如名词、形容词等），以增强每一句诗句与上文的关联性，进而提升一首诗中不同语句之间的整体性。

- **扣题性**。诗歌自动写作是一种条件性生成任务，用户输入的主题需要完整地、恰当地在所生成的诗歌中进行表达。现有方法在表达主题时往往存在漏生成、机械式嵌入等缺点，这主要是模型对主题词的利用方式不当造成的。对此，本书开展了两项工作。首先，用户输入多个关键词时，我们设计了新颖的主题记忆模块（Topic Memory Module）和主题追踪机制（Topic Trace Mechanism），以灵活地利用每一个主题词，并在生成过程中显式记录每一个主题词表达与否。针对用户输入的完整语句，我们基于文本风格转换技术提出了一个风格实例支撑的隐空间模型（Style Instance Supported Latent Space），直接将输入的现代汉语语句映射为古诗句，以最大程度地保留主题信息。
- **新颖性**。现有的基于极大似然估计（MLE）的模型倾向于记忆并生成训练数据中的高频字词，这严重降低了诗歌的新颖性和美感。对此，我们创新性地提出了一种互强化学习模型（Mutual Reinforcement

Learning),将人工评价诗歌的指标直接量化并在训练中模拟人类的写作学习过程。我们的方法能有效激励模型生成人类评价下更高质量的诗作,并促使生成的诗歌在意象使用上的新颖程度更加接近人类诗作。

- **风格化**。现有模型生成的诗歌大多无法表现出某种明显的风格特征,无法满足用户阅读过程中的审美需求。我们提出了一种可控混合隐空间模型(Controllable Mixed Latent Space),直接对影响诗人风格形成的因素进行建模。该模型可以基于有限的标注数据进行半监督训练,并能依据用户输入的主题词自动预测合适的风格或者人工指定所需要的风格,以赋予生成的诗歌鲜明的风格色彩,提升诗歌的可读性和感染力。

此外,如图 1.3 所示,从更广泛的层面来说,我们可以将诗歌自动写作描述为一种**篇章级文学性文本的条件生成任务**。本书所解决的研究难题和这一描述相对应:连贯性对应篇章级特性,扣题性对应条件生成特性,新颖性和风格化对应文学特性。换言之,本书所提出的模型方法不仅仅适用于诗歌生成,对于其他具备这三种特性的自然语言生成任务,本工作也有着积极的借鉴意义。

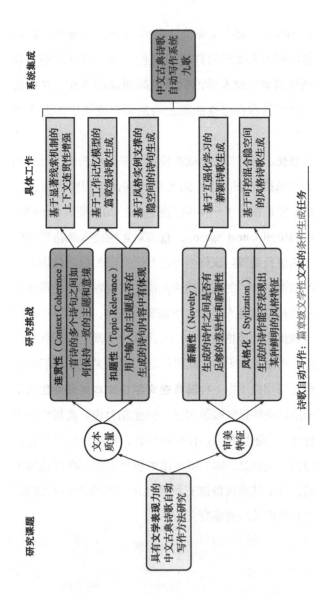

图 1.3 本书的研究框架

在本书的剩余部分中，第 2 章将详细介绍诗歌自动写作的相关工作和方法，第 3 章将介绍诗歌生成的基础知识，如形式化表述、诗歌生成的格律控制等，第 4 至第 7 章将分别具体阐述本书对上述四个难题开展的研究工作，第 8 章将简要介绍我们基于前述工作整合开发的诗歌写作系统"九歌"，最后第 9 章总结本书工作并对未来的研究难点和可行的方向做出展望。

第 2 章

诗歌自动写作相关工作

对外文诗歌自动写作的探索最早可以追溯到 20 世纪 60 年代，国内的相关研究则起步于 20 世纪 90 年代。基于构建生成模型所使用的方法，相关工作可以分为早期探索、基于规则和模板的方法、基于统计机器学习的方法和基于人工神经网络的方法四个阶段，如图 2.1 所示。本章将按照这四个阶段对诗歌自动写作领域的发展脉络进行较为详细的梳理和介绍。

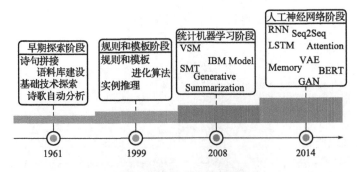

图 2.1 诗歌自动写作发展历程

2.1 早期探索阶段

早在20世纪60年代,研究者就尝试将不同的人类诗作相互组合拼接,以形成新的诗歌。例如,保持诗句的相对位置不变,将不同诗作中的诗句进行交叉组合[43],或者将一首诗歌的结构作为模板,向其中填入其他诗歌中的词汇[44]。这类模式与我国古代的集句诗创作[45]相似,只能看作自动写作的粗浅尝试,并非严格意义上的完全自动生成。这一时期,相关探索主要由人文领域的研究者主导,并服务于辅助人类创作和文学研究[46]。我国的相关研究起步于20世纪90年代初,研究内容主要集中在古诗词的数字化语料库建设、基础技术探索和诗歌自动分析等方面。在语料构建方面,刘岩斌等人[47]构建了一个古诗词检索系统并收录了88万字的宋词;苏劲松等人[48]对全宋词进行了统计抽词,构建了全宋词切分语料。在基础技术方面,穗志方等人[49]实现了宋词的自动注音系统;罗凤珠等人[50]构建了自动检查诗词格律的系统;俞士汶等人[51]提出了唐宋诗的自动切分算法,由此构建了唐宋诗词典并进行了初步的词汇分析。在自动分析方面,李良炎等人[52]使用词联接技术进行诗词的风格自动评价;苏劲松[53]对宋词进行了情感计算和分析。

2.2 规则和模板阶段

20世纪90年代末到21世纪初,研究者们将诗歌自动生成看作NLP的一个子任务,开始系统性地进行学术研究。这一时期的方法可以大致分为三类[54]:基于规则和模板的方法、基于进化算法的方法以及基于实例推理的方法。

基于规则和模板的方法,即人工定义或用自动/半自动的方法从语料中抽取一组诗歌的模板(包含句数、句长等信息),并在一系列规则(如句法、韵律、词语搭配等)的约束下,逐一向模板中填入词汇形成完整的诗句。例如,PoeTryMe系统[55]基于模块化的模型,逐一检索并向预先定义的诗句模板中填入词汇,再进行迭代生成。Chart System[56]逆向使用基于图的句法分析技术(Chart Parsing)进行诗句生成。该方法用一阶逻辑描述所需要生成的诗句的语义成分,并将每一个逻辑符号转换为对应的词汇(与句法分析过程相反),同时使用弱音节和强音节符号定义一组音节模板,以确保所生成的句子符合韵律要求。WASP[57]系统以一组关键词和指定的模板作为输入,基于一系列的规则模块进行生成,每一模块对应一组启发式构造策略。整个系统采用迭代生成模式,基于模板不断从词表中随机选择词汇填入,并测试是否符合要求,若不符合,则重新选择,若符合,则继续处理下一位置。

基于进化算法的方法以遗传算法（Genetic Algorithm）[58]为基础，将每一首诗歌、每一句诗句看作个体，将字词看作基因，将组成诗歌的字词序列看作染色体，将诗歌质量评价函数看作适应度函数，将一组诗歌候选看作种群，然后不断执行种群的变异（一首诗中的某个词汇随机替换为其他词汇）和交叉（两首诗相互之间交换部分片段）操作，并依据适应度函数选择候选诗歌进行下一轮迭代。例如，POEVOLVE 系统[59] 用人工标注的诗歌新颖性得分数据训练了一个神经网络作为适应度函数，但是并没有考虑句法和语义信息。McGonnagall 系统[60] 依据格律匹配程度和语义合理程度设计适应度函数。周昌乐等人[61] 将遗传算法用于宋词生成，并在编码时考虑了平仄，同时将句法和语义信息纳入适应度函数的设计中。这类方法能够生成较为通顺的诗歌，但是遗传算法中每一步操作的随机性会不断累积，导致诗歌质量的波动较大。此外，生成每一首诗歌都需要经过多轮的迭代进化过程，生成速度过慢，不适合大规模应用。

基于实例推理（Case-Based Reasoning，CBR）的一个典型系统是 ASPERA[62]。用户给定一组输入，例如表示主题的文本、诗句长度、韵律模式、情感极性等，系统依据用户输入从知识库中检索出匹配的诗句，并对其做词性标注（Part-Of-Speech，POS）。然后系统将词性模式作为诗句模板，采用类似上述 WASP 系统的方法向模板中填词形成诗句草稿。草稿会呈现给用户，由用户对其语义丰富性和格律正确性等方面的正确性进行判断。一旦用户确认无误，系统则进行下一句诗句的生成，同时这些生成的诗句会存入知识库以扩充现有诗句库，并用于下一次生成。此外，COLIBRI系统[63]也采用了类似的流程，不同之处在于，其知识库中没有直接存储诗句，而是通过描述逻辑系统（Description Logic System）将实例存储为更灵活的形式。

上述基于规则和模板的方法所生成的诗歌能够较好地满足格律、押韵等形式要求。然而，这类方法往往随机或采用有限的约束选择词汇，导致诗句的语义正确性和丰富程度较差，连贯性、主题和意境的整体性也都难以保证。此外，对预定义模板的高度依赖也使得此类模型灵活度较差，难以生成新颖多样的诗歌。

2.3 统计机器学习阶段

进入21世纪后，随着统计机器学习在机器翻译等领域的广泛使用，研究者也逐渐将这类方法应用到诗歌自动写作中。基于规则和模板的方法大多依据简单的约束条件选择每一个生成的词汇，这一做法降低了词汇之间的语义关联性。相比之下，统计机器学习属于数据驱动的方法，可以直接从大规模语料库中学习词语搭配的概率分布，进而产生较为连贯的诗句。

早期的方法介于规则模板和统计机器学习之间。例如，

Toivanen等人[64]从数据中学习词义联想,并用于向预定义模板中填词以生成诗句。Wong等人[65]基于向量空间模型(Vector Space Model,VSM)训练句子向量,然后通过句向量的余弦相似度从博文中抽取与用户输入的关键词相关的语句用以生成俳句。Kurzweil等人[66]则使用诗句语料训练了一个基于n-gram的语言模型用于诗句生成。Greene等人[67]使用重音和非重音符号的组合定义格律模板,并将诗句序列到模板序列的映射定义为一个有限状态转换器(Finite-State Transducer,FST),然后使用EM算法,基于语料库训练FST,以实现从语料中自动抽取模板。随后,一个反向的FST模型和一个翻译模型(IBM Model 1[68])分别被用于从模板到诗句以及从上文到下文诗句的生成。Yan等人[69]使用生成式摘要(Generative Summarization)的方法进行诗歌生成。该方法依据用户输入的关键词,使用信息检索技术(IR)从诗库中检索出一组相关诗歌并对其进行分词和聚类,然后基于摘要技术用这些词汇生成诗歌。

上述方法或多或少都基于模板和规则的约束,而Jiang等人[70]首次完全抛弃了模板,将统计机器翻译(SMT)技术应用于中文对联生成。该工作将对联生成看作从上联到下联的"翻译"过程,并在整个语料库上训练了五个翻译特征,即短语/逆向短语翻译模型、词汇/逆向词汇对应模型和语言模型,进行对联生成。基于该工作,He等人[71]进一步将SMT应用于绝句生成。他们使用基于模板的方法生成首句，然后将后续每一句诗句的生成都看作上文到当前诗句的"翻译"，并在前述五个翻译特征的基础上，增加了基于位置的模型和基于互信息的连贯性模型。该工作开创性地提出了逐句生成（line by line）诗歌的流程，该模式被后续多项工作采用。

这类基于 SMT 的方法能够保证生成的下句与上句具有相对紧密的语义关联，但是生成的诗句在缺少规则约束的情况下无法满足格律和语法要求，同时统计模型往往倾向于捕捉语料中的高频搭配，限制了所生成诗句的质量和新颖性。

2.4 人工神经网络阶段

近年来，随着神经网络（Neural Network）模型在计算机视觉[5-6]、决策推理[7]和机器翻译[8-9]等多个任务上取得显著突破，这一类具有潜力的方法也自然地被应用于诗歌自动写作。神经网络也属于数据驱动的方法，可以从大规模古诗词语料中自动学习语义搭配。相比于基于规则和模板的方法，神经网络更加灵活，扩展性更强。同时，神经网络可以学习到字词语句的连续向量表示。基于向量空间的计算方法相比于统计机器学习方法更加平滑，同时生成的诗句也更加流畅通顺。

2014 年，RNNPG 模型[72]率先将循环神经网络（RNN）

应用于中文古典诗歌生成。RNNPG 延续了 He 等人[71] 基于 SMT 的诗歌生成流程，首先结合一个 RNN 语言模型[73] 和一个 tri-gram 统计语言模型[74] 生成首句，随后基于上文已生成的语句来进行后续诗句的生成。每一个生成诗句的向量表示会被一个卷积神经网络（CNN）映射到单一向量，用于下文诗句的生成。为了提升生成诗句的上下文连贯性和通顺性，该模型在生成过程中结合了另外 3 个统计翻译特征（短语特征、逆向短语特征和统计语言模型）。RNNPG 在诗歌质量上取得了较大突破，远优于其他基于 SMT 的方法。随后，在 RNNPG 的基础上，iPoet 模型[75] 全部采用神经网络构建，并通过一个 CNN 层将用户输入的关键词转换为主题向量用于首句的生成。该模型遵循迭代生成模式，以模拟人类作诗时"润色修改"的习惯。一首诗歌的生成流程会被重复执行多次，每次生成都利用上一次生成的诗歌的向量表示，不断迭代直到收敛。此外，神经网络也逐步被用于外文诗歌的生成[76-79]。不同于中文古典诗歌，外文诗的格律体现在音节数量和重读音节位置的不同上，其变化更为灵活多样，一般需要结合有限状态传感器使生成的诗句符合格律要求。上述方法虽然显著优于 SMT，但这些初步尝试的模型结构较为简单，依然有较大的改进空间。

注意力机制（Attention Mechanism）能使模型对输入的源端信息进行有区分、有选择地关注和利用，在图像识别[80]

和机器翻译[8]等任务上取得了巨大提升。Wang 等人[81]将基于注意力机制的序列到序列（Seq2Seq）模型[8]用于宋词生成，并使用更为精巧的长短期记忆（LSTM）网络[82]代替简单的 RNN。该模型要求用户输入首句代表主题，然后将首句作为单字序列输入编码器（Encoder），最后用一个解码器（Decoder）逐字生成剩余诗句，其中每个字生成时会基于注意力机制有选择性地使用编码器端的信息。此外，Planning 模型[83]首先从用户输入中抽取或扩展出若干子关键词，每个子关键词对应每一句诗句。在生成时，已生成的上文诗句会被拼接为一个长序列输入到编码端。解码端在生成每个字时，利用注意力机制同时对输入的上文序列和子关键词进行关注。该模型需要额外的子关键词抽取或扩展模块，同时子关键词倾向于被顺序嵌入每一句诗句中，导致主题表达缺乏灵活性。

随着神经网络模型的发展，越来越多精巧的模型被用于诗歌生成。Zhang 等人[84]将一组人类诗人创作的诗歌的向量表示存入一个外部的记忆网络（Memory Network）[85]。该模型在生成时会从记忆网络中读取与当前输出语义相近的内容，并将其与输出的向量表示相结合，用以预测当前生成的汉字。Yang 等人[86]沿用了 Planning 模型的基本结构，并将其与变分自编码器（VAE）[87]相结合。不同之处在于，上文诗句和子关键词不再被拼接为长序列，而是会被 VAE 用于构建隐空间以提供更为灵活的上文和主题信息表示。Chen 等人[88] 基于 VAE 构建了情感可控的诗歌生成模型，Liu 等人[89] 则使用 VAE 进行中文现代诗的生成。除了 VAE 之外，生成式对抗网络（GAN）[90] 也被用于诗歌生成。Li 等人[91] 在 Yang 等人模型[86] 的基础上进一步整合了 GAN 模型。除了基本的生成器之外，他们的模型会同时训练一个判别器用于判断生成的诗句是否和所输入的主题相关，以进一步增强生成的诗句和主题的关联性。借鉴 InfoGAN[92] 的思路，Yang 等人[93] 利用互信息（MI）优化实现了无监督风格诗歌的生成。此外，Deng 等人[94] 利用预训练语言模型[95] 进行诗歌润色。他们先使用一个基础模型生成诗歌草稿，随后该草稿被输入预训练语言模型中进行多次迭代修改和润色，以提升诗歌的整体质量。

除上述工作外，研究者也开始将诗歌自动写作与图像等多模态信息相结合，由此开启了一个新的子任务——多模态诗歌生成。多模态诗歌生成即以图片等形式作为输入，生成描述图片内容或与之相关的诗歌。早期的工作简单地使用图像识别或物体检测模型从图片中抽取若干关键词，以此将图片输入转换为常见的关键词输入并进行生成[96-97]。随后 Xu 等人[98] 在前述工作的基础上，进一步考虑融合视觉特征。他们使用卷积神经网络（CNN）对图片进行特征抽取，并同时对抽取的图像特征和识别得到的关键词使用注意力机制，以此在诗歌生成时对图像信息进行深度融合。Liu 等人[99]则进一步整合了生成式对抗网络，利用两个不同的判别器分别对诗歌的诗意和与图像的关联性做判别，以同时增强所生成的诗歌的质量以及与输入图像之间的内容关联性。此外，Liu 等人[100]将这一任务从单张图片输入扩展到了一个图片集输入，并生成诗歌以描述图片集中相互关联的多个景物。多模态诗歌生成并非本书的研究重点，因此只在此处进行简要介绍。

自 2014 年 Zhang 等人[72]首先使用神经网络进行中文古典诗歌生成以来，这一研究阶段已经延续了近七年。从最简单的 RNN 到 LSTM、注意力机制，再到 VAE、GAN 等模型，越来越精巧的神经网络结构被用于这一任务。然而，如 1.3 节所述，对于提升诗歌文学表现力的四个难题——连贯性、扣题性、新颖性和风格化，这些工作没有系统性地加以考虑，或者采用的方法效果有限。在后续章节中，我们将逐一介绍本书针对这些难题的解决方案和具体工作。

第 3 章

中文古典诗歌自动写作基础设计

由于诗歌自动写作属于人工智能和人文学科的交叉领域，因此在具体阐述本书方法之前，本章将介绍诗歌自动写作的若干基础知识。3.1 节对诗歌生成任务进行形式化描述，并对生成流程、解码方式等做介绍；3.2 节简介中文古典诗歌的格律基础知识；3.3 节描述本书所提出的对诗歌格律进行控制的方法。在后续章节中，除需特别强调和分析之处，本章所涉及的基础细节将不再赘述。

3.1 诗歌生成流程

定义 $x = x_1, \cdots, x_n$ 为一首包含 n 个诗句的诗歌，其中 x_i 表示第 i 句诗，$x_{i,j}$ 表示第 i 句诗中的第 j 个汉字。w 表示用户输入的主题信息，可以为一个/多个关键词或现代汉语的语句等形式。给定一组古人创作的诗歌，$\mathcal{D} = \{\langle x^m, w^m \rangle\}_{m=1}^{M}$，作为训练数据，诗歌自动写作的目标为从数据中

自动学习条件概率分布：$p_\theta(\boldsymbol{x}|\boldsymbol{w})$。其中，$\theta$ 为模型待训练的参数，一般以极大似然估计（MLE）优化得到：

$$\hat{\theta} = \mathop{\arg\min}_{\theta}\{\mathcal{L}(\theta)\} \tag{3-1}$$

其中，

$$\mathcal{L}(\theta) = -\sum_{m=1}^{M}\log p_\theta(\boldsymbol{x}^m|\boldsymbol{w}^m) \tag{3-2}$$

由于缺乏针对中文古典诗词的分词算法和工具，且古诗词中大多为单字词和双字词，因此一般以汉字为单位进行训练和生成[72,75,86,94]。基于此，可将式 $p_\theta(\boldsymbol{x}|\boldsymbol{w})$ 进一步展开，如下所示：

$$\begin{aligned}p_\theta(\boldsymbol{x}|\boldsymbol{w}) &= \prod_{i=1}^{n} p_\theta(\boldsymbol{x}_i|\boldsymbol{x}_{<i},\boldsymbol{w}) \\ &= \prod_{i=1}^{n}\prod_{j=1}^{|\boldsymbol{x}_i|} p_\theta(\boldsymbol{x}_{i,j}|\boldsymbol{x}_{<i},\boldsymbol{x}_{i,<j},\boldsymbol{w})\end{aligned} \tag{3-3}$$

其中，$|\boldsymbol{x}_i|$ 表示第 i 句诗的长度，$\boldsymbol{x}_{<i}$ 表示 $\boldsymbol{x}_1,\cdots,\boldsymbol{x}_{i-1}$，$\boldsymbol{x}_{i,<j}$ 表示 $\boldsymbol{x}_{i,1},\cdots,\boldsymbol{x}_{i,j-1}$。

如图3.1所示，基于式（3-3），我们可以逐句生成一首诗歌。每句诗的生成依赖于已生成的上文诗句和用户给定的主题信息。每个句子逐字生成，其中每个字除了上文和主题信息之外，还会依赖本句已生成的前缀子串。

训练好的模型 $p_\theta(\boldsymbol{x}|\boldsymbol{w})$ 会给出当前待生成的字在整个字表上的概率分布。此时可以使用不同的解码算法从中进行选择。一般会采用基于采样（Sampling）的方法，例如

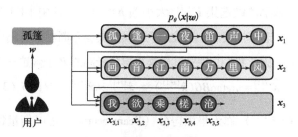

图 3.1 诗歌生成流程示意图

Top-k Sampling[101] 和 Top-p Sampling[102];或者采用集束搜索(Beam Search)[103-104]。Sampling 带有一定的随机性,能探索更大的解空间,提升诗歌的新颖性,但也有造成语法错误和语句不通顺的风险。Beam Search 能高效地找到解空间中的局部最优解[105],但搜索区域较为集中,导致生成的诗句新颖性较差。

本书使用 Beam Search 作为解码算法。Beam Search 可以看作一种宽度受限的宽度优先搜索(Breadth First Search),在同一时刻只维护 B 个最可能的候选子串,称为集束假设(Beam Hypotheses),B 称为集束宽度(Beam Width)或集束大小(Beam Size)。定义在 t 时刻所生成的 B 个候选子串为 $\hat{X}^{(t)} = \{\hat{x}_1^{(t)}, \cdots, \hat{x}_B^{(t)}\}$,则生成的每一步会为当前每个 Beam Hypothesis 扩展(接上)字表中一个可能的候选字:

$$\Gamma^{(t+1)} = \{\hat{x}_i^{(t+1)} = \hat{x}_i^{(t)} \| c, x_i^{(t)} \in \hat{X}^{(t)}, c \in V\} \quad (3-4)$$

其中 V 是字表,$\|$ 表示字符串拼接。

扩展后的候选集 $\boldsymbol{\Gamma}^{(t+1)}$ 大小为 $B\times|V|$，其中 $|V|$ 为字表大小。若不加限制，生成的子串候选集会不断扩大，超出内存限制，因此我们只保留其中集束得分最高的 B 个候选子串：

$$\hat{\boldsymbol{X}}^{(t+1)} = \underset{\hat{\boldsymbol{x}}_i^{(t+1)}}{\mathrm{argtop}} BG(\hat{\boldsymbol{x}}_i^{(t+1)}), \quad \hat{\boldsymbol{x}}_i^{(t+1)} \neq \hat{\boldsymbol{x}}_j^{(t+1)} \quad \forall i \neq j \quad (3\text{-}5)$$

其中 $G(\hat{\boldsymbol{x}}_i^{(t+1)})$ 称为集束得分（Beam Score），用以衡量每个候选子串的质量。对于原始的 Beam Search，该得分可以简单采用当前子串生成的对数概率：$G(\hat{\boldsymbol{x}}_i^{(t+1)}) = \log p(\hat{\boldsymbol{x}}_i^{(t+1)})$，该概率可以由式（3-3）累加得到。解码完成后，对每一句诗我们能得到 B 个不同的候选，最后选择集束得分最高者作为输出。

使用 Beam Search 可以让我们在保证诗句通顺性的前提下，对本书所关注的文学表现力的各个层面进行探索。同时，格律的控制可以简单地通过对式（3-3）中的概率分布施加规则约束下的先验分布来实现。

3.2 格律基础介绍

本书主要关注中文古典诗歌的自动写作，而古典诗歌是一类格律诗歌，如 1.1 节所介绍的，诗句必须满足一定的平仄和押韵要求。按照王力先生所著的《诗词格律》[4]，古汉语中汉字读音分为平、上、去、入四声，其中平声分为阴平和阳平，上、去、入三声合称为仄声。古典诗歌的格律体现在对每首诗的句数、每句的字数、每个字读音的平仄和押韵位置的要求。

对于近体诗,每首绝句为四句,每首律诗为八句。依据每句字数又分为两类:每句五个字(称为五绝/五律)和每句七个字(称为七绝/七律)。偶数句押平声韵(押韵的字必须属于同一韵部),首句可押可不押,奇数句仄声字结尾。以绝句为例,五言句的平仄只有四种基本类型,其构成两联:"仄仄平平仄|平平仄仄平"和"平平平仄仄|仄仄仄平平"。七言句的平仄在五言句的模式之前加上与五言句首字平仄相反的"平平"或"仄仄"即可。上述模式(加上首句是否押韵)相互组合,可以形成多种格律模式。图3.2列出了其中部分模式,更多的模式请参考《诗词格律》[4]。对近体诗的平仄和押韵,本书依照《平水韵》执行。

词的格律模式更加多样,每种格律模式称为一个词谱,模式的名字称为词牌,如《满江红》《蝶恋花》《卜算子》等,每个词牌也可能有不同的词谱变体。按词牌包含的段落数可进一步分类,每个段落称为一阕(又称为一片)。含一段的为单调,含两段的为双调(两个段落分别称为上下阕),更长的还有三叠、四叠等。据统计,流传至今的词牌超过1 000个[4]。词既可押平声韵也可押仄声韵,部分词牌存在押多个韵(换韵)的情况。图3.2列出了部分词牌,更多词牌请参考《白香词谱》[106]等词谱集。对词的平仄和押韵，本书依照《词林正韵》执行。

《山中》　王勃（五绝格律其一）
长江悲已滞，万里念将归。况属高风晚，山山黄叶飞。
⊙平平仄仄，⊙仄仄平韵。⊙仄平平仄，平平仄仄韵。

《出塞》　王昌龄（七绝格律其一）
秦时明月汉时关，万里长征人未还。但使龙城飞将在，不教胡马度阴山。
⊙平⊙仄仄平韵，⊙仄平平仄仄韵。⊙仄⊙平平仄仄，⊙平⊙仄仄平韵。

《忆江南》　白居易（单调，押平韵，其一）
江南好，风景旧曾谙。日出江花红胜火，春来江水绿如蓝。能不忆江南？
平⊙仄，⊙仄仄平韵。⊙仄⊙平平仄仄，⊙平⊙仄仄平韵。平仄仄平韵？

《苏幕遮》　范仲淹（双调，押仄韵）
碧云天，黄叶地，秋色连波，波上寒烟翠。山映斜阳天接水，芳草无情，更在斜阳外。
仄平平，平仄韵，⊙仄平平，⊙仄平平韵。⊙仄⊙平平仄韵，⊙仄平平，⊙仄平平韵。
黯乡魂，追旅思，夜夜除非，好梦留人睡。明月楼高休独倚，酒入愁肠，化作相思泪。
仄平平，平仄韵，⊙仄平平，⊙仄平平韵。⊙仄⊙平平仄韵，⊙仄⊙平，⊙仄平平韵。

图 3.2　部分格律模式及对应的示例诗歌。⊙表示可平可仄，"韵"表示此处的字需要押韵

3.3　格律自动控制

　　自动生成的古典诗歌必须严格符合相应的格律模式。虽然部分现有工作[86,94]的实验表明，神经网络模型在一定程度上能自动学到绝句的部分格律，但无法 100% 确保满足格律要求。此外，词的格律模式众多，同时流传下来的词作在各个词牌上的分布不均匀，导致模型很难自动学到数据较少的词牌模式。对此，本书提出格律嵌入

和先验约束两种方法对生成的诗歌的格律进行控制。

3.3.1 格律嵌入

在 NLP 任务中，词语会使用词嵌入（Word Embedding）[107-108]方法进行表示。每个词用一个单独训练得到的或者和下游模型联合训练得到的低维稠密向量进行表示。设词表为 V，则词嵌入矩阵可表示为 $\boldsymbol{E} \in \mathbb{R}^{|V| \times d}$，该矩阵每行为一个词的长度为 d 的向量表示。这种分布式向量表示既避免了 one-hot 表示的稀疏性，又在向量空间赋予了每个词可计算的语义表征。受 Word Embedding 的启发，我们设计了一种格律嵌入的方法，共包含长度嵌入（Length Embedding）、位置嵌入（Position Embedding）和读音嵌入（Phonology Embedding）3 种嵌入，以实现对格律的控制。

- **长度嵌入**。设诗句最大长度为 N_l，则长度嵌入矩阵为 $\boldsymbol{E}_l \in \mathbb{R}^{N_l \times d_l}$，其中 d_l 表示长度嵌入的维度。在生成一句诗中的每个字时，我们将对应的长度向量按降序输入。例如，在生成一个长度为 N_l 的诗句的第一个字时，我们输入代表长度 N_l 的向量（矩阵的最后一行）。以此类推，在生成最后一个字时，输入代表长度为 0 的向量（矩阵的第一行）。长度嵌入向量为模型提供了本句的长度信息，同时在生成每个字时起到了提示模型剩余字数的作用，以帮助模型更好地按长度对即将生成的内容进行规划。

- **位置嵌入**。设待生成的诗歌共有 N_s 个句子,则位置嵌入矩阵为 $\boldsymbol{E}_s \in \mathbb{R}^{N_s \times d_s}$,其中 d_s 表示嵌入的维度。类似长度嵌入,在生成每一句诗时我们也将对应的位置向量按降序输入,为模型提供当前句的位置以及剩余诗句数量的信息。

- **读音嵌入**。设韵表中共包含 N_p 个韵部(例如《平水韵》中包含 30 个平声韵部),则读音嵌入矩阵为 $\boldsymbol{E}_p \in \mathbb{R}^{(N_p+3) \times d_p}$,该矩阵每行为一个长度为 d_p 的向量表示。我们用该矩阵的第一行表示平声,第二行表示仄声,第三行表示可平可仄,剩余行数依次表示每个韵部。在生成诗句中的每个字时,格律模式中所要求的读音嵌入向量也会同时输入模型,以提供待生成的字的平仄和押韵信息。读音嵌入向量能帮助模型在学习过程中把预测的范围集中在符合格律要求的字上,避免了概率密度在不符合要求的候选字上的分散。

从 3.2 节的介绍中可以看出,一种格律模式可以细化拆解为如下信息:一首诗中包含的句子数、每句的字数、每个字的平仄或押韵的韵部。一旦用户指定了某种格律模式,例如指定生成一首《蝶恋花》,这些信息都可以确定,而且能用上面定义的 3 种嵌入向量进行表示,并在训练和生成过程中将其提供给模型。

本书所设计的格律嵌入方法具有如下 3 个优点。

- **缓解格律控制和语义关联性的矛盾**：如果只在生成时按照格律规则进行限制，则会产生格律和语义的矛盾，即模型预测的高概率的字词（语义关联较好）不符合格律。若此时只从符合格律的候选中进行选择，又容易导致生成的内容语义较差。相比之下，我们将上述 3 个嵌入矩阵与诗歌生成模型进行联合训练。在训练过程中，模型可以自动学到将概率密度集中到符合格律的候选字上，从而优先优化语义关联性。

- **避免格律模式的数据稀疏问题**：部分现有工作[81]使用一个简单的格律嵌入向量代表整个格律模式（如代表一个词牌）。因为现存诗歌在不同格律模式上的分布是稀疏不均匀的，例如对于某些少见的词牌，只有数十首词留存。这导致模型只能学到极少一部分数据丰富的格律模式。与之相比，我们的方法不再将一个完整的格律模式看作一个格律类别标签，而是将其细化到了句子（如每个句子的位置）或单字（如每个字的平仄）级别。这样能显著增大同一类别的数据量，有效避免数据稀疏问题。

- **不同体裁的数据可以进行联合训练**：在我们设计的格律嵌入方法中，由于不同体裁的诗歌（如词、绝句、律诗等）都可以拆解为带格律信息的单句，因此可以将其联合训练。例如，可以使用词和绝句的数据统一训练一个生成模型,随后通过格律控制生成不同体裁的诗歌。这一做法能充分利用不同体裁的数据,进一步提升模型的最终性能。

本书的实验结果表明,在绝句和词的格律控制上,我们设计的格律嵌入方法能取得93%以上的控制准确率。

3.3.2 先验约束

为了确保生成的诗歌100%符合格律,除了上述格律嵌入的方法之外,我们参考相关工作[79],在生成时额外施加了一种先验约束。在生成每个字时,我们定义当前在整个字表V上的先验分布如下:

$$p_{\text{prior}}(x_{i,j}) = \frac{1}{Z}v, \quad v_k = \begin{cases} 1 & \text{如果 } V_k \in C_r \\ \varepsilon & \text{否则} \end{cases} \quad (3\text{-}6)$$

其中v表示先验分布的向量,该向量中的第k个元素v_k表示词表中第k个字V_k的先验概率取值,Z是归一化因子,ε是一个极小的正常数,例如10^{-8},C_r是符合当前位置格律要求的汉字集。随后我们将该先验概率和式(3-3)中模型输出的概率相结合,得到当前待生成字的最终预测概率:

$$p(x_{i,j}) = \frac{1}{Z}[p_{\text{prior}}(x_{i,j}) \odot p_\theta(x_{i,j} \mid x_{<i}, x_{i,<j}, w)] \quad (3\text{-}7)$$

其中$\odot$表示逐元素相乘。

该方法能在生成时有效地将不符合格律的候选字进一步剔除。得益于上述格律嵌入的方法,只有极少数不符合格律的候选会得到较大的预测概率，因此该先验约束在整体上不会对诗歌的质量造成太大的负面影响。

3.4 诗歌质量评测方法

为了定量评价不同模型的性能，我们需要对模型所生成的诗歌质量进行评测，主要采用人工评测和自动评测两类方法。诗歌作为一种高度文学化和艺术化的体裁，其所涉及的字词使用、主题表达、意境等方面难以完全量化。因此，针对生成的诗歌的评价一般以人工评测为主，自动评测为辅。本节将先介绍人工评测的指标和方法，然后介绍自动评测的主要指标，最后对诗歌的评测进行简单讨论。

3.4.1 人工评测方法

Manurung[60]最早提出了判断自动生成的英文诗歌质量的3个指标：有意义性、语法性和诗意（在Manurung的工作中特指诗歌具有的格律和押韵）。随后，He等人[71]针对中文诗歌的质量提出了4个指标：通顺性、有意义性、上下文连贯性、押韵正确性。Zhang等人[72]在其用神经网络生成诗歌的工作中使用了4个指标：通顺性、连贯性、有意义性、诗意（此处指包含格律、意境在内的多个特征）。可以看出，不同工作采用了不同的人工评测指标，同一指标也会有不同的名称或含义。

基于相关工作并结合本书的研究要点,我们归纳总结出以下人工评测指标。

- **通顺性(Fluency)**:生成的诗句是否语法正确、语义合理、足够流畅自然。
- **上下文连贯性(Context Coherence)**:一首诗中的各个诗句在主题、意境、逻辑结构上是否关联紧密,连贯一致。
- **扣题性(Topic Relevance)**:生成的诗歌在内容和主题上是否和用户的输入紧密相关;用户输入的主题是否得到正确、完整、灵活的表达。
- **有意义性(Meaningfulness)**:生成的诗歌是否向读者传达了某种具体的意义和情感,而非泛泛而谈、空洞无物。
- **诗意(Poeticness)**:生成的诗歌是否展现出某种完整、优美的意境。
- **整体质量(Overall Quality)**:评测者对所生成诗歌的整体印象和评价(注意此项为独立的指标,并非上述五项的累加或平均)。

基于这些指标,人工评测一般会邀请具有诗词专业知识的人士(如中文系学生或诗社成员)进行盲评。不同模型生成的诗歌会被打乱顺序并匿名,评测者需要独立地对每首诗歌在每项指标上按0~5分打分(0分最低,5分最高)。同时评测者会被要求关注诗歌本身的质量以排除对人类诗作和机器诗作的主观偏见。为了进一步减少评测的主观性,一首诗一般由多位评测者进行评测,最后取各位评测者所给分数的平均分。依据工作侧重点的不同,上述指标会被全部或者部分使用。此外,我们没有单独将格律正确性这一指标列出,因为一方面格律不是本书的研究重点,另一方面如 3.3 节所述,本书设计的格律控制方法能使生成的绝大部分诗歌都满足格律要求,没有单独评测的必要。

3.4.2 自动评测方法

人工评测无法完全消除主观性,同时在一定程度上受到评测人员不同的影响。不同工作往往邀请不同的评测者,导致各个工作报告的人工评测得分相互没有可比性。因此,有必要采用客观、稳定、可复现的自动评测指标来反映模型的基础性能。对诗歌整体质量的评测一般采用 BLEU[109] 和困惑度(PPL)两项指标。

1)**BLEU**。BLEU 最早被用于机器翻译。对每一个生成的诗句,BLEU 主要计算其和人类创作的参考诗句之间 n-gram 的重合度。越高的 BLEU 表明生成的诗句越接近人类创作的目标诗歌,即模型性能越好。He 等人[71] 最早通过实验表明,对于 SMT 方法生成的诗歌,人工评分和 BLEU 值之间有较高的相关性。这一结论对于神经网络模型所生成的诗歌是否依然成立?针对这一问题,我们使用一个基于 RNN 的基础模型[75]生成诗歌并测试了人工评分和 BLEU 值之间的皮尔森相关系数。从图 3.3 可以看出，BLEU 值的相对大小在一定程度上能反映诗歌质量的高低。此外，我们可以假设人类创作的诗句与主题和上文是高度相关的。在这一假设下，较高的 BLEU 值表明机器生成的内容更加接近人类诗句，因此也有更高的可能性取得较好的相关性和连贯性。基于上述分析，本书采用 BLEU 作为评测指标之一。

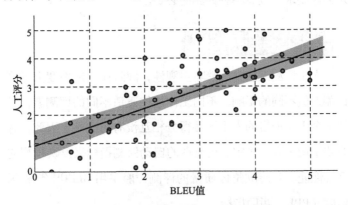

图 3.3　人工评分和 BLEU 值的相关性。测试诗歌为 64 首绝句，皮尔森相关系数为 0.69。BLEU 值按所得最高分归一化至 [0，5] 区间，人工评分取多个指标的平均分

在计算 BLEU 得分时，机器翻译任务一般会针对一句原文，人工撰写/自动构造多句参考译文。由于语言本身具有多样性，多句同义译文能更准确地反映机器译句的准确性。He 等人[71]因此也设计了一种自动为目标诗句构造多句参考句的方法，该方法后来被 Zhang 等人[72]的工作沿用。然而，

构造的参考句的主题/上下文的一致性无法保证，后续多项工作[75,86,91]都只采用目标诗句作为唯一参考句。此外，测试的计算方式有多种，可以将生成的整首诗看作一个长的汉字序列，与整首目标诗歌相对比进行整体计算[75,91]，或者将上文诗句作为输入，分别计算依据主题与上文生成的每一句[72,94]。**本书采用单一参考句和整体计算的方法。**

2）**困惑度（PPL）**。PPL 常用于语言模型的评测[73]，越低的 PPL 表明模型对训练数据的似然拟合程度越高，即模型性能越好。给定完成训练的模型 $p_\theta(x\mid w)$、测试集上的主题输入 w 和对应的目标诗歌 x，PPL 计算如下①：

$$\text{PPL}(x) = \exp\left\{\frac{1}{n}\sum_{i=1}^{n}\frac{1}{|x_i|}\sum_{j=1}^{|x_i|} -\log p_\theta(x_{i,j}\mid x_{<i}, x_{i,<j}, w)\right\}$$

（3-8）

PPL 可以衡量模型对数据分布的拟合程度以及给定主题生成目标诗歌的能力。类似 BLEU，我们可以假设目标诗句与给定的主题信息是高度相关的。在给定主题时，如果模型能赋予目标诗歌中的字较高的概率，说明该模型自身更有可能生成与主题关联性更高的内容。本书依照多数现有工作[75,86,89]，在给定输入后依照式（3-8）**整体计算一首目标诗歌的 PPL**，随后报告模型在整个测试集上的平均 PPL。

除上述指标外，依据模型侧重点的不同，还可能采用其

---

① https://en.wikipedia.org/wiki/Perplexity.

他指标，例如针对诗歌新颖性和风格控制准确率的评测指标。由于这些指标并非通用的标准，本书将在相关的章节中具体介绍。

3.4.3 诗歌评测方法讨论

如上所述，目前在诗歌自动写作任务上，评测方法主要以人工评测为主，自动评测为辅。针对诗歌质量，现有工作无一例外都进行了人工评测[72,75,81,86,91]，但部分工作没有进行自动评测[83-84,88,93]。人工评测依赖评测者的诗词学专业知识，能够对诗歌质量的不同侧面进行较为深入的考察。然而，评测的准确性容易受到评测者的专业水平和主观偏好等的影响。为了减小评测者的个体偏差，通常一首诗会由多位随机选取的评测者进行评分并取平均值，同时需要对评测结果进行显著性和标注一致性（Inter-Annotator Agreement）检验，例如 Kappa 系数或者组内相关系数（Intraclass Correlation Coefficient）[72]。即使采取了上述减小个体偏差的措施，人工评测也存在绝对数值可比性的问题。不同工作往往邀请不同的评测者，这导致即使采用相同的参数配置和数据集，各个工作所报告的人工评测得分相互之间也没有绝对可比性。因此，每一项工作都需要对其他基线模型生成的诗歌一起进行评测以实现横向比较，这通常又涉及重新使用基线模型生成乃至复现基线模型。上述要求显著增加了评测每一项工作的难度，也不利于不同工作之间的直观对比。

相比人工评测，自动评测结果更加客观和稳定，同时在使用相同数据集和参数设置时不同工作的评测结果可直接进行比较，省去了模型复现及重新评测的过程。然而，上述自动指标只能在一定程度上反映模型的基础性能。例如，神经网络模型与 SMT 模型不仅在人工评测下有显著差异，在上述 BLEU 和 PPL 两个指标上也差距明显[72]。但随着相关方法的不断改进，不同模型生成的诗歌直观上的质量差异越来越小，自动评测指标越来越难以准确刻画其差异。同时，BLEU 等基于字符串匹配的指标无法处理语言的多样性且不够平滑，基于似然的 PPL 等指标又受到曝光偏差（Exposure Bias）[110] 等问题的影响。此外，这些指标的计算都依赖参考诗句。理想的自动评测应该与人工评测一样，直接对诗歌本身的质量进行考察，而不是衡量与古代诗人创作的目标诗作之间的相似性⊖。

针对上述问题，现有工作通常同时采用人工评测和自动评测，先以自动评测客观、精确地反映模型的基础性能，再以人工评测对自动生成的诗歌质量的不同层面进行更加深入和细致的考察。

此外，针对文本生成的自动评测，近年来研究者也提出了一系列的改进方法。例如，BERTScore[111] 使用生成文本和参考文本的向量表示的相似度替代 BLEU，以提升指标的

⊖ 对于这一问题，我们在第 6 章中进行了详细讨论和处理。

平滑性；BLEURT[112]基于少量人工评分训练了一个预测器，用以对文本质量直接进行预测；HUSE[113]融合了人工评分和自动评分以实现对文本质量及多样性的统一评测；CND[114]则近似地估计了生成的文本分布和目标分布之间的散度。然而，这些方法没有摆脱对参考句或者人工评分的依赖，且无法针对文学性文本的不同具体层面（如连贯性、有意义性等）进行评测。

如何设计一种专门针对文学性文本，涵盖质量的不同侧面，不依赖参考句/人工评测且灵活易用的自动评测方法，将成为未来值得深入研究和探索的重要方向。

第 4 章

诗歌文本质量:连贯性提升

4.1 问题分析

作为一种包含多个诗句的篇章级文本,上下文连贯性(Context Coherence)是构成诗歌文本质量的重要基础之一。如 1.4 节所述,一首诗歌中的每一句诗和上文的文本需要在语义上紧密相关,在结构上逻辑连贯;同时多个诗句作为一个整体必须具有一致的主题和意境。近年来,基于神经网络的诗歌生成模型在不同语言的诗歌生成上[72,75-77,83]都展现出了巨大的优势。然而,诗歌的上下文连贯性问题依然没有被很好地解决。连贯性不足是造成机器生成的诗歌与人类诗作之间差异的主要原因之一,读者很容易依据连贯性判断一首诗是否是机器生成的。

如图 4.1 所示,人类创作的诗歌句子之间具有紧密的衔接和自然的过渡。例如,从少妇不知愁,百无聊赖写起,自然地写到化妆登楼望景。第三句由登楼逻辑上连贯地写到看见路旁的杨柳,再由杨柳这一表示思念的意象转而抒情,表达思念远方从军的丈夫的悲伤。前两句由写人而起,第三句转而写景,第四句触景生情,深化主旨,一气呵成。同时四句诗在人物上不离少妇,在景色上紧扣春日,在情感和意境上完整一致。与之相比,一个基础模型[72]所生成的诗歌前两句写和煦的春景,"春风""绿杨""月明"都是美好的意象,后两句却变为边塞风格,展现出一幅灰暗悲惨的图景。前后缺乏过渡和衔接,同时意境割裂,风格矛盾,主题模糊。

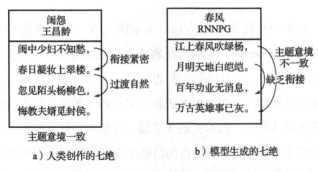

图 4.1 人类创作的诗歌和机器生成的诗歌上下文连贯性对比

部分现有工作已经意识到了上下文连贯性的重要,例如 Zhang 等人[72]为了强化上下文连贯性,在神经网络模型中结合了两个统计机器翻译模型的特征;Yan 等人[75]设计了迭代润色机制,多次重复生成以提升诗歌的整体性;Wang 等人[83]预先从用户输入的主题中预测每一句的子主题，用于引导每一句诗的生成。然而，这些工作所提出的方法效果有限，都没能较好地解决诗歌生成中连贯性不足的问题。

本书认为提升上下文连贯性的关键在于生成一首诗中的每一句时，如何**对上文已生成的文本信息进行恰当的表征和使用**。如图 4.2 所示，现有工作对上文信息的利用主要有两种方式：

- **单一上文向量**[72,75]：在一首诗的生成过程中，每生成一句诗，则将该句的向量表示压缩进单一的上文向量中。该向量不断更新并用于指导下文的生成。这一做法存在两个问题：首先，单一的向量不具备足够的容纳能力来存储完整的上文信息，尤其对较长的诗歌而言；其次，有明确语义的字词（如名词、形容词等）与噪声（如虚词等）混杂在一起，使得模型无法对上文信息进行有选择、有区分的使用。

- **拼接上文诗句**[83,94]：在一首诗的生成过程中，将已生成的上文诗句拼接为一个长序列，输入序列到序列结构（Seq2Seq）[115] 的编码器端（Encoder），随后在解码器端（Decoder）利用注意力（Attention）机制[8]对上文进行有选择的关注。该方法在一定程度上能减少噪声干扰，然而随着编码器端序列长度的增加，注意力机制的性能也会逐渐下降[116]。

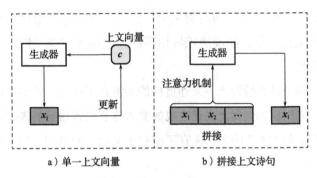

图 4.2 现有工作利用上文信息的两种方式

对于这一问题,我们发现在诗歌创作中,有**谋篇**和**意脉**两种提法可以参考。谋篇即预先计划安排篇章结构,确定每一句要写什么内容。对于诗歌生成任务,Wang 等人的 Planning 模型[83]即可看作与谋篇的概念相对应。然而,现有模型很难预先对篇章结构自动进行准确合理的预测。因此本章参考写作中的意脉概念。

意脉的概念可追溯到我国古代文学理论著作《文心雕龙》[117]。《文心雕龙·章句》对篇章级文本的创作有一段论述:"裁文匠笔,篇有小大;离章合句,调有缓急:随变适会,莫见定准……故能外文绮交,内义脉注,跗萼相衔,首尾一体。若辞失其朋,则羁旅而无友;事乖其次,则飘寓而不安。"该段论述表明,创作一首诗应该动态地、灵活地、逐步地构建出整首诗的骨架。创作每句诗时,既要做到上下文紧密相关,又要荡开笔墨,允许一定自由发挥的空间。

受上述理论的启发，本章提出使用**显著的部分上文**（salient partial context）来代替**完整上文信息**（full context）。在一首诗的生成过程中，每生成一句诗，我们就丢弃其中没有实际语义的噪声部分（例如停用词），保留其中显著的局部内容代替完整上文，用以引导下文生成。因为我们使用的是局部而非完整的上文，所以可以避免过多约束。同时我们关注的是语义明确、显著的部分，因而能减少干扰，增强诗句的语义关联性。此外我们没有预先指定篇章结构，而是在生成过程中动态地构建出骨架，从而增加了写作的灵活性和自由度。

本章工作有以下两点主要贡献：①本章首次提出在诗歌的生成过程中使用局部显著上文代替完整上文，以提升诗歌的上下文关联性；②基于上述核心思路，本章提出了两个具体的模型结构——显著线索机制和工作记忆模型。我们所设计的模型在评价诗歌质量的不同指标上，尤其是在连贯性和整体质量方面有显著的性能提升。下面将依次对这两种模型结构进行介绍。

4.2 基于显著线索机制的连贯性提升

4.2.1 模型框架

本章提出的第一种方法称为**显著线索机制**（Salient Clue

Mechanism）㊀，以下简称 SC 模型，可以看作 4.1 节所述思路的算法实现。图 4.3a 展示了该模型生成的一首五言绝句及其方法思路。

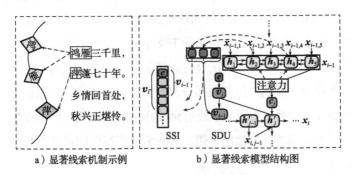

a）显著线索机制示例　　　b）显著线索模型结构图

图 4.3　显著线索机制

具体而言，我们采用双向 LSTM[82,118] 编码器和带注意力机制[8] 的单向 LSTM 解码器。在生成第 i 句诗 x_i 时，我们将生成的上一句诗 x_{i-1} 输入编码器，然后在解码器端利用注意力机制生成该句，同时从 x_{i-1} 中选择语义最显著的 K 个字并存储其向量表示，构成显著线索，用于后续诗句的生成。

定义 $h_{i,j}$ 为编码器端每个字对应的正向 LSTM 和反向 LSTM 拼接后的隐状态（Hidden State），$h'_{i,j}$ 为解码器端每个字对应的隐状态。隐状态即每个字在 LSTM 内部的向量表示。

㊀ 本部分工作以"Chinese Poetry Generation with a Salient Clue Mechanism"为题发表在 2018 年的国际学术会议"The SIGNLL Conference on Computational Natural Language Learning（CoNLL 2018）"上。

emb($x_{i,j}$) 为每个字对应的嵌入（Word Embedding）向量表示，则第 i 行中待生成的每个字 $x_{i,j}$ 的概率分布由以下公式计算得到[①]：

$$h'_{i,j} = \text{LSTM}(h'_{i,j-1}, \text{emb}(x_{i,j-1}), c_j) \quad (4-1)$$

$$p(x_{i,j} \mid x_{<i}, x_{i,<j}, w) = g(h'_{i,j}, \text{emb}(x_{i,j-1}), c_j, v_{i-1}) \quad (4-2)$$

其中，g 为归一化函数，本章采用带 maxout 层[119] 的 softmax 函数；c_j 是当前时刻注意力机制中的局部上下文向量；v_{i-1} 为显著线索向量。

为实现更好的连贯性，关键在于如何计算生成的每个字的显著性以及如何对上文信息进行表征和利用。我们提出两种计算显著性的方法和两种构造显著向量的策略，下面将逐一进行介绍。

4.2.1.1 简单显著性

我们提出的第一种计算显著性的方法称为**简单显著性（Naive Salience）**。如图 4.3b 所示，我们的显著线索模型从每一句生成的诗句中最多选择 K 个最显著的字，并用对应的编码器端隐状态构造显著线索 v_i。在本章中，对于五言绝句我们设 $K=2$，对于七言绝句设 $K=3$。

我们进一步定义 A 为当前生成的诗句 x_i 与输入到编码器

---

① 为了简便表示，此处及后续章节，我们在公式中都省略了偏置项（bias）。

端的生成的上一句诗 x_{i-1} 之间的注意力矩阵。然后我们按照如下公式计算输入句中第 j 个字的显著性得分（Salience Score） r_j：

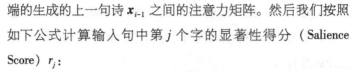

$$r_j = \frac{\sum_{k=1}^{T_i} A_{k,j}}{\sum_{m=1}^{T_{i-1}} \sum_{k=1}^{T_i} A_{k,m}} \quad (4-3)$$

其中 $A_{k,m}$ 为注意力矩阵中第 k 行第 m 列的元素值，即生成句 x_i 中的第 k 个字对输入句 x_{i-1} 中的第 m 个字的关注程度，T_i 和 T_{i-1} 分别表示对应诗句的长度。

图 4.4a 展示了简单显著性计算的一个例子。在该图中，依式（4-3）对注意力矩阵按列加和，以得到的数值作为输入句中每个字的显著性。该操作相当于生成句中的每个字对输入句中每个字的重要性投票。在图 4.4a 中，生成的每个字都高度依赖"萍"字（在古典诗歌中表示孤单漂泊的意象），因此该字以最高得分 r_j = 0.53 被选中。注意力矩阵可以看作一种局部显著性（local salience），该信息体现了每个字的语义在局部小范围内的重要性和显著程度。

进一步观察图 4.4a 可以发现，如果我们从该输入句中选择 K = 2 个字，那么得分第二的"七"字（r_j = 0.17）也会被选中。然而，"七"这样的数字在古诗词中一般为虚指，并不具备明确的含义。从各个字的显著性得分也可看出，"七"字虽然得分排在第二（0.17），但是其分数明显低于最高分

第4章 诗歌文本质量：连贯性提升

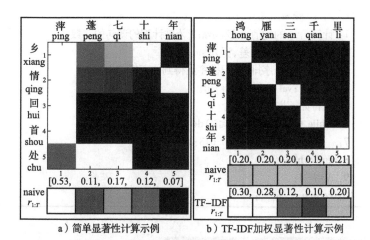

a）简单显著性计算示例　　b）TF-IDF加权显著性计算示例

图 4.4　显著性计算示例。x 轴为输入句，y 轴为生成句。颜色越浅表示注意力的权重越大（白色表示权重大，黑色表示权重小）

（0.53）。对于此类排名我们应该将虽然靠前但得分过低的字视为噪声进行排除。为此，我们设计了一种**显著性选择算法**（Saliency Selection Algorithm），用于剔除得分过低的字。我们从待选择的第二个字开始，设置一定的阈值以对得分较低的字进行过滤，该阈值按照最高分逐次进行衰减。具体流程我们在算法 4.1 中进行了描述。

算法 4.1　显著性选择算法

Inputs：输入句（生成的上一诗句）中每个字的显著性得分 $r_{1:T}$；最多选择的字数 K；

Outputs：最终保留的字数 N；最终选择的字在输入句中的下

标 $m_{1:N}$；
1：计算 $r_{1:T}$ 的均值,记为 avg；T 为被计算的诗句的字数；
2：计算 $r_{1:T}$ 的标准差,记为 std；
3：对 $r_{1:T}$ 按降序排序,记排序后得到的下标为 $i_{1:T}$；
4：设 $k=1$；val=avg+0.5*std；
5：执行如下操作：
6： while $(r_{i_k} \geqslant$ val$)$ 且 $(k \leqslant K)$ do
7： $m_k = i_k$；val = val * 0.618；$k = k+1$；
8：end while
9：$N = k-1$；
10：return $N, m_{1:N}$；

4.2.1.2 TF-IDF 加权的显著性

在某些情况下,简单显著性不具备足够的区分度。如图 4.4b 所示,输入句和生成句之间构成了对仗（couplet）。此时注意力矩阵 A 为对角阵,按照式（4-3）计算出的每个字的显著性近乎相同。针对这一问题,我们提出了 **TF-IDF 加权的显著性**（**TF-IDF Weighted Salience**）。我们进一步采用信息检索（IR）中经典的 TF-IDF,基于整个训练集计算得到每个字的 TF-IDF 数值,作为一种静态的全局显著性（global salience）,并对注意力矩阵进行如下加权：

$$r_j = [(\boldsymbol{w}_{\text{out}} * \boldsymbol{A}) \odot \boldsymbol{w}_{\text{in}}]_j \qquad (4-4)$$

其中 $\odot$ 是逐元素相乘,$[\cdot]_j$ 表示向量中的第 j 个元素。$\boldsymbol{w}_{\text{in}} \in \mathbb{R}^{1 \times T}$ 表示输入句中每个字的 TF-IDF 值构成的向量,$\boldsymbol{w}_{\text{out}}$ 则为输出句对应的 TF-IDF 向量。这两个向量中的元素都被归一化

到[0,1]区间中。

如图4.4b所示,经过TF-IDF的加权之后,两个具有信息量的字"鸿雁"被成功选择出来。这两个字在古典诗歌中代表秋天特有的意象,因此也促使模型在最后一句中生成了相连贯的"秋兴"一词(参见图4.3a)。

4.2.1.3 两种构造显著线索的策略

按照上述方法,我们可以计算出每个字的显著性 r_j,下一步则是如何利用选择出的字构造显著线索向量 v_i。对此,我们设计了如下两种方法。

1) **显著性动态更新**(Saliency Dynamic Updating,SDU)。该方法按如下公式构造和更新显著线索向量 v_i:

$$N, m_{1:N} = \mathrm{SSal}(r_{1:T}, K) \tag{4-5}$$

$$s = \frac{\sum_{k=1}^{N} r_{m_k} * h_{m_k}}{\sum_{k'}^{N} r_{m_{k'}}} \tag{4-6}$$

$$v_i = \sigma(v_{i-1}, s), \quad v_0 = e \tag{4-7}$$

其中 $\mathrm{SSal}(r_{1:T}, K)$ 为上述显著性选择算法4.1。该算法以显著性得分和可选择的最大字数作为输入,输出最终选择的字数 N 及这些字在句中的下标索引 $m_{1:N}$。σ 表示非线性变换层,e 为用户输入的主题词的向量表示。v_i 将用于式(4-2)中计算每一个待生成字的概率分布。注意在上述公式中,N

可能小于 K，因为我们希望进一步忽略那些不够显著的字，即使它们属于前 K 个最显著字。该 SDU 方法将选择出的字的隐状态表示都压缩进显著线索向量 v_i 中，优点是在整个生成过程中 v_i 的大小保持不变，可以节省存储空间，但容易造成 4.1 节中分析的信息混杂问题。

2) **显著性敏感特征**（Saliency Sensitive Identity，SSI）。这种方法不再将显著字的向量压缩混杂，而是按如下方式构造：

$$v_i = [v_{i-1}; h_{m_1}; \cdots; h_{m_N}], \quad v_0 = e \qquad (4-8)$$

其中 [;] 表示向量拼接。该方法在生成过程中，不断拼接显著字的隐状态以得到更新后的 v_i。因为每一个隐状态都被显式地保留了，所以模型可以有区分地对显著线索中的信息加以利用。但该方法的缺点在于，v_i 会在一首诗的生成过程中不断增大，占用的内存/显存空间较多，不适用于词等句数较多的诗歌体裁。

4.2.2 实验设置

我们在绝句的生成上进行了测试比较，下面逐一介绍实验设置信息。

1) 数据集。我们采用包含 165 800 首绝句（一半为五绝，一半为七绝）的数据集，其中的 4 000 首用于验证，4 000 首用于测试，其余用于训练。从每首诗中，我们使用

TextRank[120] 抽取一个关键词,以此构造形如<x, w>的绝句-关键词数据对。

2) 参数设置。我们将词嵌入、隐状态、显著线索向量的维度分别设为 256、512、512。对于 SSI,为了减小模型尺寸,我们通过非线性变换将每个隐状态映射为一个 100 维向量。编码器和解码器共享相同的词嵌入矩阵。在训练和生成过程中同时使用显著线索策略。优化目标是预测分布和实际分布的交叉熵损失。此外,我们基于批梯度下降法(Mini-Batches Learning)使用 Adam[121] 优化器进行优化,批大小(batch size)设为 64。生成时采用集束搜索算法(Beam Search),并设 beam size=20。为了公平起见,所有基线模型也都使用相同的配置。对于最大显著字数目 K,我们统计了 43 万句诗,发现单句中 TF-IDF 数值为前 90% 的单字占比平均为 36%。因此对于五言诗我们设 $K=\lceil 5 \times 0.36 \rceil = 2$,对于七言诗设 $K=\lceil 7 \times 0.36 \rceil = 3$。

3) 基线模型。我们比较如下基线模型:**iPoet**[75]、**s2sPG**[122]、**Planning**[83]、**SC**(我们的模型)以及 **Human**(人类诗人创作的诗歌)。我们选择的三个基线模型都取得了令人满意的性能,并且被证明超过了多个更早的模型,例如 **SMT**[71]、**RNNPG**[72] 等。iPoet 和 Planning 分别是 4.1 节中讨论的利用上文信息的两种方法(单一上文向量和拼接上文诗句)的代表性模型。

4) 评测指标。对于自动评测,我们采用 **BLEU** 指标,此外也测试了我们的模型选出的显著字和人类评测者判断的显著字的重合度。对于人工评测，我们使用**通顺性**、**上下文连贯性**、**有意义性**、**诗意**和**整体质量**五个指标。我们选取了 20 个常用的关键词，并用每个模型按照每个关键词各生成一首五绝和七绝。对于 Human，我们选择包含给定关键词的人类诗作。最终我们得到 200 首绝句（20×5×2）。我们邀请了 12 位专业人士进行评测，每首诗由 4 位随机评测者打分，最后取平均分。

4.2.3 实验结果

如表 4.1 所示，在 BLEU 评测下，我们的 SC 模型显著优于其他模型。此外我们还比较了 SC 模型的不同变体。其中 naive 表示使用简单显著性，tfidf 表示使用 TF-IDF 加权的显著性，Top$K$ 表示直接取得分最大的 K 个显著字，SSal 表示使用我们提出的显著性选择算法（算法 4.1）对显著字进行过滤。可以看出，tfidf-SC 模型的性能优于 naive 模型，这是因为 TF-IDF 值有效降低了信息量较少的字的权重。此外可以看出，基于 SSal 算法的变体也得到了更好的结果。从 naive-Top$K$-SDU 到 tfidf-SSal-SDU，我们在不增加模型大小的情况下得到了更高的 BLEU 分数。进一步可以看出，SSI 在七绝上表现较好，但在五绝上表现略差于 SDU。此外，对比 4.1 节的分析，我们可以发现 SDU 相当于"单一上文向量"的一种改进形式，它只将语义显著的部分信息而非全部信息压缩进一个向量；而 SSI 相当于"拼接上文诗句"方法的变体，只保留和拼接局部显著的字而非全部文本。表 4.1 中的结果表明，无论是采用单一向量还是拼接，正确地使用部分显著上文信息都能够带来明显的性能提升。

表 4.1 自动评测结果

	模型	五绝	七绝
模型	Planning	0.460	0.554
	iPoet	0.502	0.591
	s2sPG	0.466	0.620
	SC	**0.532**	**0.669**
SC 变体	naive-TopK-SDU	0.442	0.608
	naive-SSal-SDU	0.471	0.610
	tfidf-SSal-SDU	**0.533**	0.648
	tfidf-SSal-SSI	0.532	**0.669**

除了 BLEU，我们还对 SC 模型选择的字是否合理进行了测试。对每首诗，我们计算了模型选择出的字集合 C_1 与人类标注者选择的字集合 C_2 的 Jaccard 相似度，Jaccard = $\frac{|C_1 \cap C_2|}{|C_1 \cup C_2|}$，结果如图 4.5 所示。我们模型的最终配置 tfidf-SSal 自动选择的字和人类认为显著的字重叠度达到了约 50%，这表明我们设计的显著字选择方法在一定程度上确实能自动找出具有显著语义信息的内容。此外可以观察到，使用简单显著性和 TopK 结合的配置 naive-TopK 在五绝上的效

果甚至比只用 TF-IDF 差，这也验证了我们在 4.2.1 节中分析的，只使用注意力这一局部显著性和简单地取得分数最高的 K 个字将造成选择的不准确。最终如我们设想的，将 TF-IDF 代表的全局显著性和 SSal 算法相结合，效果最为显著。

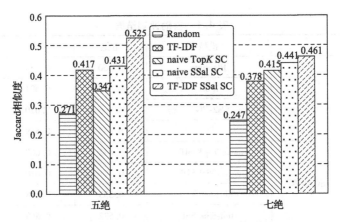

图 4.5 显著性选择测试结果。显著线索构造策略采用 BLEU 得分最高的 SSI。Random：从每一个生成的诗句中随机选择 K 个字。我们重复取三次进行测试，并展示平均结果。TF-IDF：直接 TF-IDF 值最大的 K 个字。naive：简单显著性。Top$K$：取显著性得分最大的 K 个字。SSal：按照所提出的显著性选择算法（算法 4.1）进行选择

表 4.2 给出了人工评测的结果。受限于人工评测所需要的花费，我们使用自动评测下最优的模型配置 tfidf-SSal-SSI 参与人工评测。可以看出，我们的 SC 模型效果比其他基线模型更好，取得了更加接近人类诗作的分数，特别在五绝的连贯性上差距非常小（尽管差距依然存在）。此外，s2sPG

的性能优于其他两个基线模型。s2sPG 的基本结构和 Planning 类似,但对每一位置诗句的生成单独训练了一个 Seq2Seq 模型,因此总参数量达到了 iPoet 的三倍。令人意想不到的是,Planning 模型的效果最差。这主要是因为 Planning 需要为每一句诗提供一个关键词。当输入的关键词数量小于诗句数时,该模型采用一个简单的神经语言模型来预测生成剩余的关键词。在我们的语料上,这一做法效果较差,降低了诗歌的通顺性和上下文连贯性。下面我们会提供具体的实例进行分析。

表 4.2 人工评测结果。上标 $*(p<0.01)$ 表示我们的 SC 模型显著优于其他基线模型;上标 $+(p<0.01)$ 表示人类显著优于所有被比较的模型。组内相关系数(Intraclass Correlation Coefficient)为 0.596,表明不同评测者之间的标注一致性是能够接受的

模型	通顺性		连贯性		有意义性		诗意		整体质量	
	五绝	七绝	五绝	七绝	五绝	七绝	五绝	七绝	五绝	七绝
Planning	2.56	2.84	2.50	2.64	2.49	2.64	2.59	2.88	2.39	2.66
iPoet	3.13	3.45	2.89	2.91	2.60	2.80	2.79	3.05	2.54	2.85
s2sPG	3.54	3.65	3.31	3.16	3.15	3.01	3.26	3.29	3.06	3.08
SC	4.01*	4.04*	3.85*	3.86*	3.55*	3.63*	3.74*	3.69	3.63*	3.70*
Human	4.09	4.43	3.90	4.33	3.94	4.35+	3.83	4.24+	3.81	4.24+

4.2.4 实例分析

图 4.6a 显示了 s2sPG 和 SC 以"扬州"为关键词生成的

五言绝句。s2sPG 在第一句生成"月"这一关键意象，该词奠定了整首诗的时间基调（夜晚），但是在第四句中又生成了"暮云"一词，造成了时间上的不一致，破坏了意境的整体性。相比之下，我们的模型在其生成的第二句中选择了"秋"字用以构建显著线索，并成功促使模型在最后一句生成了"落叶"这一秋天的意象，维护了整首诗意境的一致性。图下方展示了第二句中各个字的显著性得分。可以看出，除了得分第一的"秋"字之外，其余字都没有实际的语义，因此它们的得分明显低于"秋"。得益于我们设计的显著性选择算法，这些字能被成功过滤剔除。

图 4.6b 展示了 Planning 和 SC 以"秋雁"为关键词生成的五言绝句。Planning 模型可以看作诗词创作中谋篇思想的具体实现。该模型依据输入的关键词预测了另外三个词，"友情""高兴""青青"用以引导后续每一句诗句的生成。可以看出，在顺序预测子关键词的时候，其预测的主题逐渐产生了偏移，最终导致了"青青"这一春天意象的产生。该词促使 Planning 模型在最后一句生成了"春"一词，产生了和首句的"秋雁"相矛盾的内容，破坏了整首诗的连贯性。与之相比，我们的 SC 模型成功将"秋""愁"存储于显著向量中，并以此引导模型在第四句生成了"霜月"（寒夜的月亮）一词，与上文秋季萧瑟悲愁的基调保持一致。

上述实例分析直观地验证了我们模型的性能。同时，从

a）以关键词"扬州"生成的绝句

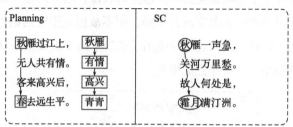

b）以关键词"秋雁"生成的绝句

图 4.6 不同模型分别以"扬州""秋雁"为关键词生成的绝句。SC 模型选出的显著字用下画线进行了标记。方框/圆框分别标记了不一致/连贯的内容

与 Planning 模型的对比中可看出，谋篇，即预先计划每一句诗句内容的思路虽然合理，但现有模型无法准确地对内容进行规划，反而有可能在预测的时候不断累积误差，最终破坏上下文的连贯性和全诗的整体性。我们的模型则依照意脉这一概念，在一首诗的生成过程中动态构建全诗的显著线索，既可以维护连贯性，又具有一定的灵活性。

我们的 SC 模型也存在缺点，图 4.7 展示了生成的一个

负例。如4.2.1节所述,从每句诗中选择的显著字的数目 K 是预先指定的超参数。对于七言绝句我们设 $K=3$。对图4.7中诗歌的第二句,SC模型选出了得分最高且语义明确的3个显著字:"家""篱""照",但忽略了得分第四的"月"字。这导致了第四句中与上文时间不一致的"落霞"的产生。由此可见,尽管我们通过显著性选择算法过滤了得分较低的内容,却无法根据需要灵活扩大选择的数量。理想的模型应该能自动灵活地对显著字进行选择,而不被预先指定的数目 K 所约束。对此,我们进一步提出了第二个用于提升上下文连贯性的模型——工作记忆模型。

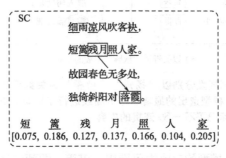

图4.7 SC模型产生的负例。输入关键词为"细雨",选出的显著字用下画线进行标记,黑色方框和箭头标出了不一致的内容

4.3 基于工作记忆模型的连贯性提升

从上述4.2节的实验分析可以看出,我们需要一种更

为灵活的机制在诗歌生成的过程中对上文进行有选择的利用。为此，我们参考了认知心理学中的相关概念，并从其中的工作记忆机制得到了启发。工作记忆（Working Memory）模块是人类大脑中具有有限容量的一个系统，该系统负责存储用于推理、决策等行为的信息[123]。相关工作证明工作记忆模块在人类的写作行为中发挥着十分重要的作用[124]。此外，从心理语言学的角度来看，如果读者能将当前看到的语句与工作记忆中存储的上文内容联系起来，就能感觉到当前语句是连贯的[125]。受这些理论的启发，我们提出了**工作记忆模型（Working Memory Model）**㊀用以提升连贯性。

4.3.1 模型框架

我们的**工作记忆模型（Working Memory Model）**，以下简称 **WM** 模型，延续了 4.1 节中 SC 模型的主要思路，即我们不再把生成的完整上文压缩入单一向量或是拼接为长序列，而是选择每一句生成的诗句中语义最显著的部分将其写入记忆网络（Memory Network）[85,126] 用于指导下文，并在生成诗句中的每个字时，根据已经生成的内容从记忆模块中读取最相关的信息。图 4.8a 展示了我们的 WM 模型生成的一

㊀ 本部分工作以 "Chinese Poetry Generation with a Working Memory Model" 为题发表在 2018 年的国际学术会议 "The International Joint Conference on Artificial Intelligence（IJCAI 2018）" 上。

首词以及工作记忆读写机制示意。WM 模型在**多个（multiple）但有限（limited）**的记忆槽（memory slot）中存储语义信息突出的部分上文，既避免了单一上文向量带来的信息混杂，又不会形成过长的上文序列导致注意力机制性能下降。整个记忆模块在一首诗的生成过程中会被动态读写，从而能够时刻维护一条连贯的信息流，以赋予模型关注相关信息、忽略干扰的能力，进而提高生成诗歌的上下文连贯性。我们的模型可以看作神经图灵机（Neural Turing Machine, NTM）[127-128]针对文本生成的一种改进结构。相比原始的神经图灵机，我们在简化了读写操作的同时，设计了不同的记忆模块用以完成文本生成这一更为复杂的任务。

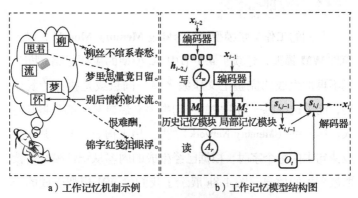

a) 工作记忆机制示例　　b) 工作记忆模型结构图

图 4.8　工作记忆模型

如 3.1 节所述，我们逐句生成一首诗歌，并关注如何提升每一句诗句和已生成的上文诗句的关联性。如图 4.8b 所示，WM 由两个记忆模块（Memory Module）组成[一]：**历史记忆模块（History Memory）** $M_1 \in \mathbb{R}^{K_1 \times d_h}$ 和**局部记忆模块（Local Memory）** $M_2 \in \mathbb{R}^{K_2 \times d_h}$，其中矩阵的每一行是一个记忆槽，$d_h$ 是槽大小，K_1 和 K_2 是槽的数量。整个工作记忆模块可以表示为 $M = [M_1; M_2]$，$M \in \mathbb{R}^{K \times d_h}$，其中 [;] 表示矩阵拼接，$K = K_1 + K_2$。在生成第 i 行 x_i 之前，x_{i-1} 中每个字的向量表示都会被写入局部记忆模块。因为古典诗歌相邻的两句之间往往有较强的语义关联，例如对仗。只有当上一句生成的诗句被完整地存储下来，模型才有可能生成工整对仗的内容。因此我们将 x_{i-1} 输入到该局部记忆模块中，以提供完整的短距离上文信息（full short-distance context information）。此外，模型会从再上一句 x_{i-2} 中选择语义显著的字写入历史记忆模块，用以提供部分远距离上文信息（partial long-distance context information），以对远距离的下文连贯性进行约束。在生成每个字时，这两个模块会被统一读取，这样模型可以学习自主决定当前是要依赖远距离上文以维持内容的连贯，还是依赖近距离上文以生成对仗句。

具体而言，我们采用基于 SeqSeq[115] 结构和 GRU 单

[一] 在 WM 模型中，我们还单独设计了一个主题记忆模块用于存储主题词以提升诗歌的扣题性。对这一部分，我们将在下一章统一进行介绍。本章重点关注 WM 模型中提升上下文连贯性的模块。

元[129]的解码器和双向编码器[118]。定义$h_{i,j}$和$s_{i,j}$分别为编码器端和解码器端每个字对应的隐状态向量，$e(x_{i,j})$为每个字的嵌入向量。则第i句诗句中每个待生成的字$x_{i,j}$的概率分布由以下公式计算得到：

$$s_{i,j}=\text{GRU}(s_{i,j-1},[e(x_{i,j-1});o_{i,j};v_{i-1}]) \quad (4-9)$$

$$p(x_{i,j}\mid x_{i,<j},x_{<i},w)=\text{softmax}(Ws_{i,j}) \quad (4-10)$$

其中$o_{i,j}$为记忆模块的输出，W为字表映射矩阵。v_{i-1}是一个全局追踪向量（Global Trace Vector），用以记录已生成的内容并为模型提供隐式的全局信息。一旦第i句诗句生成完成，则v_i使用一个基础 RNN（vanilla RNN）按照如下公式进行更新：

$$v_i=\sigma\left(v_{i-1},\frac{1}{|x_{i-1}|}\sum_{j=1}^{|x_{i-1}|}h_{i-1,j}\right), \quad v_0=0 \quad (4-11)$$

其中σ是一个非线性变换层，0为全零向量，$|x_{i-1}|$表示诗句长度。

下面将详细介绍记忆模块的读取和写入操作。

1) 记忆读取（Memory Reading）。我们首先定义一个**寻址函数**，$\alpha=A(\widetilde{M},q)$，该函数计算记忆模块中的每个槽被选择和操作的概率。具体有如下公式：

$$z_k=b^{\text{T}}\sigma(\widetilde{M}[k],q) \quad (4-12)$$

$$\alpha[k]=\text{softmax}(z_k) \quad (4-13)$$

其中，q是查询向量，b为待训练参数，$\widetilde{M}$是要寻址的内存，

$\widetilde{M}[k]$ 是 $\widetilde{M}$ 的第 k 个槽(对应 memory 矩阵的第 k 行),而 $\pmb{\alpha}[k]$ 表示向量 $\pmb{\alpha}$ 中的第 k 个元素。

依据上述寻址函数,记忆模块的读取过程可按照如下公式计算:

$$\pmb{\alpha}_r = A_r(M,[s_{i,j-1};v_{i-1}]) \qquad (4-14)$$

$$o_{i,j} = \sum_{k=1}^{K} \pmb{\alpha}_r[k]M[k] \qquad (4-15)$$

其中 A_r 表示记忆读取使用的寻址函数,$\pmb{\alpha}_r$ 是读取概率的向量,全局追踪向量 v_{i-1}(式 4-11)用于帮助寻址函数进行定位,避免读取冗余内容。3 个记忆模块的联合读取使模型能够灵活地决定当前需要表达的内容。

2)记忆写入(Memory Writing)。对于局部记忆模块,在生成第 i 句 x_i 之前,我们会将局部记忆模块清空,然后将前一句 x_{i-1} 输入到编码器中,并把得到的每个字对应的隐状态向量 $h_{i-1,j}$ 填入每一个局部记忆槽。对历史记忆模块,在生成 x_i 之前,我们将再上一句 x_{i-2} 也输入编码器,得到每个字的向量表示 $h_{i-2,j}$,并按如下公式选择其中部分字进行写入更新:

$$\pmb{\alpha}_w = A_w(\widetilde{M}_1,[h_{i-2,j};v_{i-1}]) \qquad (4-16)$$

$$\pmb{\beta}[k] = I(k = \underset{j}{\mathrm{argmax}}\,\pmb{\alpha}_w[j]) \qquad (4-17)$$

$$\widetilde{M}_1[k] \leftarrow (1-\pmb{\beta}[k])\widetilde{M}_1[k] + \pmb{\beta}[k]h_{i-2,j} \qquad (4-18)$$

其中,A_w 是写入用的寻址函数,该函数和上述读取用的 A_r 采用不同的待训练参数。I 是示性函数,$\pmb{\alpha}_w$ 是写入概率向量。

$\tilde{M}_1$ 是历史记忆模块和一个空（null）记忆槽的拼接。由于并非每句诗中的所有字都需要写入记忆槽，对一些语义不显著的内容，模型可以通过学习将其写入空槽。之后在依照式（4-15）进行读取时，我们使用的是不含空槽的记忆模块。通过这样的方式，模型可以忽略非显著内容。

上述式（4-18）中的 argmax 操作是不可微的，无法产生梯度，因此只能用于生成阶段。在训练阶段，我们采用 Gumbel Softmax[130] 进行近似：

$$\beta[k] = \text{softmax}((\log \alpha_w[k] + g_k)/\tau) \quad (4\text{-}19)$$

其中，$g_k \sim \text{Gumbel}(0,1)$ 是从 Gumbel 分布中独立采样得到的数值；$\tau > 0$ 称为退火温度参数，当 $\tau \to 0$，向量 β 趋于一个与式（4-17）形式相同的 one-hot 向量。在训练过程中，我们将 τ 从 1 逐渐减小至接近 0。式（4-19）能在训练过程中提供梯度，帮助模型学习集中在一个具有更高写入概率的记忆槽上。在流程开始之前，所有记忆槽都用零向量初始化。对于空槽，我们会在式（4-13）中的 z_k 上加一个较大的随机偏差，保证空槽被优先写入，同时防止多个空槽获得相同的概率被同时写入。

式（4-12）中的寻址函数本质可以看作计算每个待写入的字和存入历史记忆模块中的字之间的相关性。因此，当历史记忆模块中所有槽都写满时，上述写入算法可以将其中更早写入的某个字替换为当前较新的语义相似的字。因为新写入的字与被替换的字语义相同/相似，所以替换操作不会造成远距离历史信息的损失。

4.3.2 实验设置

1)数据集。我们在绝句、词、歌词三类体裁上进行测试比较。歌词我们使用中国风歌曲[131]的歌词。这类歌词在用词和语法上更接近中国古典诗词,同时一首歌词内句子数更多,生成时连贯性更难保持,因此更具挑战性。数据集的具体信息如表4.3所示。我们分别使用1 000首绝句、843首词和100首歌词构成验证集;此外用1 000首绝句、900首词和100首歌词构成测试集,其余用作训练集。

2)参数设置。我们设置历史记忆模块大小$K_1 = 4$。词嵌入、隐藏状态、全局追踪向量的维度分别设置为256、512、512。因为我们直接将双向编码器的隐状态作为每个字的向量表示存入记忆模块,所以记忆槽的大小$d_h = 1\ 024$。在整个语料库中,我们利用预先训练好的word2vec[132]向量对词嵌入进行初始化,随后在模型整体训练过程中继续训练。不同的记忆模块共享同一个编码器。记忆读取和写入采用两个不同的寻址函数(A_r和A_w)。对于所有非线性层我们都用tanh作为激活函数。为了避免训练过拟合,我们采用25%概率的dropout[133]以及l_2正则化约束。此外,我们基于批梯度下降法(Mini-Batches Learning)并使用Adam[121]优化器进行优化,batch size设为64,生成时采用Beam

Search（beam size=20）。为了公平起见，所有基线模型也都使用相同的配置。

3）基线模型。除了 **WM**（我们的工作记忆模型）和 **Human**（人类诗作）之外，我们对比以下基线模型。

- **绝句生成**：我们比较 **iPoet**[75]、**Planning**[83] 和 **FCPG**[84]。FCPG 是一个基于外部静态记忆模块的模型。该模型将数百首人类创作的诗歌保存于外部记忆中，并在生成的过程中进行读取以提高绝句的新颖性。该模型在生成过程中不会修改记忆模块，同时主要关注新颖性而非连贯性。相比之下，我们的模型在一首诗的生成过程中会动态读写记忆模块以实现更好的连贯性。

- **词生成**：我们比较 **iambicGen**[81]。在进行该项工作时，这是据我们所知唯一一个专门为生成中文古典词而设计的神经网络模型。

- **歌词生成**：在进行该项工作时，我们没有找到专门设计的中文歌词生成模型。因此我们实现了一个标准的 Seq2Seq 模型[115] 用于生成歌词，称为 **lyricGen**。

4）评测指标。对自动评测，我们采用 **BLEU** 和 **困惑度**（**PPL**）。对于人工评测，我们使用**通顺性**、**上下文连贯性**、**有意义性**、**诗意** 4 个指标。我们从绝句、词、歌词的测试集中，分别选取了 30 组、30 组、20 组关键词作为输入。对于 Human，我们选取包含给定关键词的人类诗作。最终，我们总共得到了 150 首绝句（30×5），90 首词（30×3）和 60 首歌词（20×3）。我们邀请了 16 位具有诗词专业知识的专家进行评测，每首诗被 4 位随机评测者打分，最后取平均分。FCPG 主要用于增强新颖性，而 Planning 模型需要自动预测子关键词。这两个模型的设计天然会导致 BLEU 过低而 PPL 过高，不适用于自动评价，因而我们主要对其进行人工评测。

表 4.3 数据集统计

	总诗数	总句数	总字数
绝句	72 000	288 000	1 728 000
词	33 499	418 896	2 099 732
歌词	1 079	37 237	263 022

4.3.3 实验结果

自动评测结果如图 4.9 所示。WM 在 BLEU 和 PPL 评估下，在 3 种体裁的生成任务中都显著优于基线模型。在绝句生成中，WM 取得的 BLEU 分数几乎是 iPoet 的 3 倍。如我们在 4.1 节所分析的，iPoet 将上文所有信息都压缩进一个单一上文向量中，导致上文信息的混杂和损失。在词的生成上，WM 也取得了明显的提升。由于 iambicGen 是将整首词当作一个长序列在解码端逐字解码，因此对长距离信息无法较好地维持。这导致 iambicGen 生成短的词时效果尚可，但无法生成高质量的长词。对于 70 字以下的词，iambicGen 的 PPL

为 235。对于字数更多的词，iambicGen 的 PPL 增加到 290。此外，在歌词的生成上，WM 也取得了相对较大的提升。然而由于训练集较小，WM 和 lyricGen 两个模型的总体效果都不尽如人意。

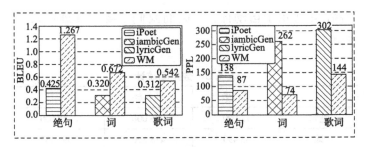

图 4.9 自动评测结果

表 4.4 给出了人工评测的结果。WM 模型取得了比其他模型显著更高的评分。在绝句生成上，WM 在连贯性指标上得到了十分接近人类的分数。Planning 模型在通顺性和有意义性两项指标上表现最差。这主要是因为 Planning 模型的子关键词预测机制不能保证子关键词的质量，严重影响了诗歌的流畅性，破坏了整首诗的语义。此外，FCPG 模型在连贯性方面表现最差。这是因为 FCPG 也将整首诗作为一个长序列逐字生成，而所有的上文信息以隐状态的形式存储在 RNN 中，随着生成过程向后传播。这一方面和 iPoet 一样，可以看作使用单一上文向量进行存储，导致模型无法对上文信息有效地利用；另一方面，隐状态在传播的过程会有

信息损失，最终可能会丢失上文中的关键信息。另外 FCPG 对新颖性的追求也会带来某些不连贯不一致的内容。在词和歌词生成任务上，WM 也取得了较好的效果，但与人类相比还有明显的差距。词是一种非常复杂的形式，在我们的测试集中最长的词包含超过 150 个字（25 句）。对模型来说，在词中保持较好的连贯性比在绝句中要困难得多。对于歌词来说，由于训练数据较少，结果不如我们预期的好。

表 4.4 人工评测结果。上标 * （$p<0.01$）表示我们的 WM 模型显著优于其他基线模型；上标 + （$p<0.01$）表示人类显著优于所有被比较的模型。组内相关系数（Intraclass Correlation Coefficient）为 0.5，表明不同评测者之间的标注一致性是能够接受的

	模型	通顺性	有意义性	连贯性	诗意
绝句	Planning	2.28	2.13	2.18	2.31
	iPoet	2.54	2.28	2.27	2.45
	FCPG	2.36	2.15	2.15	2.28
	WM	**3.57***	**3.45***	**3.55***	**3.47***
	Human	3.62	3.52	3.59	3.58
词	iambicGen	2.48	2.73	2.78	3.08
	WM	**3.39***	**3.69***	**3.77***	**3.87***
	Human	4.04	4.10[+]	4.13[+]	4.09
歌词	lyricGen	1.70	1.65	1.81	1.99
	WM	**2.63***	**2.49***	**2.46***	**2.66***
	Human	3.43[+]	3.20[+]	3.41[+]	3.26[+]

除了上述定量评测之外,我们也进行了进一步的定量分析。如图 4.10a 所示,我们测试了历史记忆模块在不同记忆槽数量下 WM 模型的性能。可以看到,无论词还是歌词生成,随着记忆槽数量的增加,BLEU 和 PPL 都是先变好后变差。对于这两种句子数较多的体裁来说(有些歌词包含超过 100 个句子),更多的记忆槽应该带来更好的结果。然而,由于语料库规模较小,模型无法得到充分训练。当记忆槽增多时,模型无法准确寻址导致其性能有所下降。权衡之下,我们设 $K=4$。

图 4.10b 中,我们测试了 WM 模型在词生成任务上,不同句子数的词对应的 PPL。可以看出,对较短(10 句以内)的词,不同记忆槽数量对 PPL 没有明显影响。当一首词内的句子数不断增多时,相应的 PPL 也在不断上升。因为当词较长时,词内每一个句子对应的上文信息也会增大。例如,对一首包含 25 个句子的词,模型在生成第 25 句时,需要准确维护当前内容和上文的大量信息之间的关联,尤其在数据量较小的情况下,这对模型来说十分困难。即使如此,当我们将记忆槽数量从 2 增加到 6 时,可以看到 PPL 有明显的下降,这在一定程度上也证明了我们提出的 WM 模型在提升上下文关联性方面的有效性。

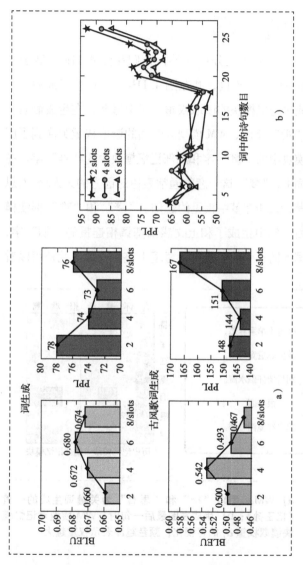

图4.10 a）词和歌词生成任务上，不同的历史记忆槽数量K_t下的BLEU和PPL；b）词生成任务上，PPL随一首词内句子数的变化曲线

4.3.4 实例分析

除上述定量实验分析之外,我们在图 4.11a 中展示了 WM 模型生成的一首词,并在图 4.11b 中可视化了最后一句诗句生成时记忆模块的读取权重。可以看到,在生成最后一句中的"泪"字时,WM 模型以较高的读取权重关注到了历史记忆模块中的"梦"字和局部记忆模块中的"难"字。在古典诗词中,"梦"这一意象通常表达对远方的亲人/恋人思念而不得,只能在梦中相见的悲伤。"梦"和"难"促使模型在最后一句中生成了和上文感情基调相连贯的"泪"字,让整首词在情感上前后连贯,意境上整体一致。此外可以看

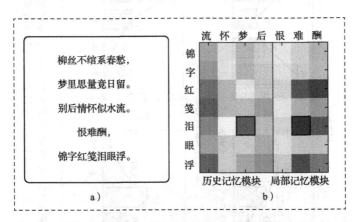

图 4.11 a) WM 模型以"柳"和"思君"为关键词生成的一首《忆王孙》;b) 生成左图最后一句时,WM 模型对记忆模块读取权重 α_t 的可视化,颜色越深表示权重越大

到,"梦"字是在第二句生成的,但被模型写入历史记忆模块,因此得以引导最后一句的生成。从该实例也可看出,我们提出的 WM 模型在一定程度上能较好地维护上文中的关键内容并以此提升连贯性。

4.4 本章小结

在本章中,我们主要关注诗歌文学表现力面临的挑战之一——上下文连贯性。一首生成的诗歌作为一个整体,不同诗句之间应该保持逻辑和语义的一致性、主题和意境的整体性。为解决这一问题,我们从《文心雕龙》中得到了一定的启发,提出使用部分显著上文代替完整上文信息。在一首诗的生成过程中,忽略虚词等噪声的干扰,保留语义显著的内容,以便动态地、灵活地逐步构建出整首诗的骨架用于引导下文生成。基于这一核心思想,我们分别提出了两个模型:显著线索模型和工作记忆模型。显著线索模型结合注意力权重代表的局部显著性和 TF-IDF 代表的全局显著性,用以对显著字进行选择。更进一步地,我们参照心理学和语言学中的理论设计了工作记忆模型。工作记忆模型能在记忆模块中灵活地、动态地读写(无须预定义显著字的数目)显著内容,并以此维护一条连贯的信息流,用于提升下文内容的连贯性。我们在绝句、词、歌词等体裁的诗歌生成上都进行了定量实验和定性实例分析,结果表明我们的方法能有效提升诗歌的连贯性。

第 5 章

诗歌文本质量：扣题性优化

5.1 问题分析

除了上一章介绍的上下文连贯性外，文本质量的另一重要基础是**扣题性**（Topic Relevance）。如 1.4 节所述，诗歌自动写作是一种条件性生成任务（Conditional Generation），所生成的诗句的内容和主题需要与用户的输入紧密关联；同时用户给定的主题信息需要得到完整、恰当、灵活的表达。然而，现有模型并未很好地处理这一问题，尤其当用户的输入较为复杂时，如多个关键词或者完整的语句。

当输入多个关键词时，现有模型生成的诗歌关键词包含率较低，即多个关键词只有部分能被成功包含在诗句内。这一不足使得生成诗歌的主题不完整，严重降低了用户的使用体验，如图 5.1 所示的基线模型[75] 所生成的诗歌。现有模型扣题性较差主要是对多关键词的使用方式不恰当造成的。大多数诗歌生成模型往往将用户输入的关键词压缩到单一的主题向量中，或是机械地嵌入每一句生成的诗句中，这直接导致了用户主题在生成的诗歌中表达不完整且机械生硬。

关键词：忧、月照、词赋　　关键词：风烟、空山、日月

三十年前梦，
诗句一番秋。
不知何处是，
几回相望愁。

千里风尘溯洞寒，
百年天地一人看。
平生石鼎云霞诀，
只有倥侗境外安。

图 5.1　基线模型以多关键词为输入所生成的诗歌，下画线标出了未表达的关键词（见彩插）

除了多关键词外，用户也常常倾向于输入完整的现代汉语语句表示主题。现有模型主要以关键词为输入[75,93-94]进行生成。对于现代汉语语句，现有模型一般采用简单的工程化处理，即首先对语句进行分词，随后从中抽取若干关键词作为输入[83,86]。然而，分词及抽取可能存在误差，同时从语句到词的转换必然带来主题信息的损失。

针对上述多关键词输入和现代汉语语句输入的问题，我们分别提出了**主题记忆模块**和**风格实例支撑的隐空间**两个方法进行处理。下面将逐一进行介绍。

5.2　基于主题记忆模块的扣题性提升

如图 5.2 所示，现有诗歌生成模型在处理多关键词时主要有两种方式。

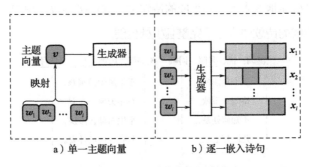

a）单一主题向量　　　　b）逐一嵌入诗句

图 5.2　现有工作利用多关键词的两种方式

- **单一主题向量**[75]：这类模型将多个关键词的向量表示压缩到单一主题向量中，并用该向量引导每一句诗句的生成。与 4.1 节介绍的单一上文向量类似，这一做法会导致主题信息在单一向量中混杂和损失，从而使得生成的诗歌容易遗漏部分主题。这一现象在输入的关键词越多时越明显（详见图 5.3）。

- **逐一嵌入诗句**[83,86,96]：这类模型将输入的每一个关键词按输入顺序对应到每一句生成的诗句，然后采取直接嵌入[96]或者用注意力机制等方式[83]对关键词加以利用。这一方式存在 3 个缺点，首先模型复杂，因为关键词数目必须和诗句数严格对应，否则需要额外的扩展或抽取模块加以辅助。其次，主题表达效果不稳定，因为主题在诗中的表达顺序完全依照用户的输入顺序。不恰当的主题表达顺序可能破坏整首诗主题和意境的完整性，而用户通常不具备决定最优主题顺序的能力。最后，主题表达不灵活，因为输入的关键词往往被直接嵌入句中（注意力机制对关键词的利用最终也主要表现为嵌入）。

针对上述问题，我们在第 4 章 4.3 节所提出的工作记忆模型的基础上，增加了一个额外的**主题记忆模块（Topic Memory）**用于存储用户输入的关键词，并设计了一种**主题追踪机制（Topic Trace Mechanism）**以提升关键词包含率。

5.2.1 模型框架

生成模型的具体细节我们沿用 4.3 节的内容，本章不再赘述。在其基础上，我们定义一个**主题记忆模块（Topic Memory）**，$M_3 \in \mathbb{R}^{K_3 \times d_h}$，其中 K_3 为最大关键词数目，d_h 为记忆槽大小。对输入的每一个关键词，我们将其看作一个短的字符序列输入双向 GRU 编码器中，并用正向和反向两端的隐状态拼接后的向量经过一个非线性变换层，最终得到该词的向量表示。这样得到的关键词向量能和另外两个记忆（历史记忆和局部记忆）模块的记忆槽大小保持一致。随后，每个关键词的表示会在一首诗生成开始之前逐一填入每一个主题记忆槽。此时，整体记忆矩阵包含三个记忆模块：$M = [M_1; M_2; M_3]$，$M \in \mathbb{R}^{K \times d_h}$，$K = K_1 + K_2 + K_3$。

在一首诗的生成过程中，主题记忆模块将保持固定，同时模型整体地对这三个模块进行读取，以此灵活地决定当前是要表达一个新的主题，还是关注远距离/近距离历史信息来生成连贯的内容。这一设计带来如下 3 个优点：①**主题表达顺序更灵活**。因为每个关键词是相互独立地存储在主题记忆模块中，词与词之间没有顺序依赖。模型可以通过语料库学习到更合适的主题表达顺序，并在生成时依据当前生成的内容灵活自主地进行决定。②**主题表达形式更多样**。在"逐一嵌入诗句"这一类方法中，关键词的每个字会以隐状态的形式存于 RNN 中，在使用注意力机制对其利用时，模型倾向于把每一个字都进行生成，导致主题表达机械生硬。我们的模型通过编码器将一个关键词中的不同字整合到了一个向量中，得到了更为平滑的主题表示，并在生成时提升了主题表达的多样性。③**主题表达更为完整**。每个关键词是独立显式存储的，没有混杂在一起。模型能够对每一个关键词进行有区分性地关注，从而提升诗歌的关键词包含率。

除上述主题记忆模块之外，我们还设计了一种**主题追踪机制**（Topic Trace Mechanism）。模型在表达主题时需要做到不重复不遗漏。为了实现这一点，我们在读取记忆模块时，利用一个全局追踪向量v_i来提供上文生成的内容信息（参看式（4-14））。然而，我们在实验中发现这不足以帮助模型记住每个主题是否已被生成。因此，我们对关键词的使用情况进行更显式的记录如下：

$$c_i = \sigma\left(c_{i-1}, \frac{1}{K_3}\sum_{k=1}^{K_3} M[K_1 + K_2 + k]\widetilde{\alpha}_r[K_1 + K_2 + k]\right), c_0 = \mathbf{0}$$

(5-1)

$$u_i = u_{i-1} + \widetilde{\alpha}_r [K_1 + K_2 : K], u_i \in \mathbb{R}^{K_3 \times 1}, u_0 = 0 \quad (5\text{-}2)$$

$$a_i = [c_i ; u_i] \quad (5\text{-}3)$$

其中 a_i 为主题追踪向量，$\widetilde{\alpha}_r$ 为生成第 i 句 x_i 中每个字时的记忆读取权重的加和，σ 为非线性变换层。K_1 和 K_2 分别为历史和局部记忆槽数量。

在上述公式中，我们统计主题记忆模块中每个关键词被每一句生成的诗句所关注的权重。一方面，我们用这一权重乘以关键词向量表示，并将其存储于关键词内容记录向量 c_i 中；另一方面，我们统计该诗生成过程中每个关键词被读取的累计权重，存储于关键词使用记录向量 u_i 中。这两部分信息共同构成了主题追踪向量 a_i。该向量为模型提供了当前每个被表达过的关键词的内容（c_i）和每个关键词被使用过的次数（u_i）这两类信息。然后我们修改式（4-14）如下：

$$\alpha_r = A_r (M, [s_{i,j-1} ; v_{i-1} ; a_{i-1}]) \quad (5\text{-}4)$$

主题追踪机制可以看作机器翻译任务中的覆盖模型（Coverage Model）[134] 的一种变体，能够帮助诗歌生成模型以更加显式的方式记录每个关键词表达与否，从而对已经表达过的主题不过度关注，对尚未表达的主题优先读取。

5.2.2 实验设置

1）数据集：我们在绝句生成上进行测试，采用包含 72 000 首绝句的语料。其中 1 000 首用作验证集，1 000 首用作测试集,其余用作训练集。参照现有工作的方法[86,93],我们从每首绝句中自动抽取(至多)4个关键词,并分别使用 1~4 个关键词构成 4 个形如 <*x*, *w*> 的绝句-关键词数据对。

2) 参数设置:我们设主题记忆模块大小 $K_3 = 4$,主题追踪向量 a_i 维度为 24,其中 c_i 为 20 维,u_i 为 4 维(同最大关键词数目)。当关键词不足 4 个时,我们用一个占位符 PAD 代替,表示空关键词。其余配置同 4.3 节保持一致。

3) 基线模型:除了 WM(我们的工作记忆模型)之外,我们主要对比 3 个基线模型:iPoet[75]、Planning[83] 和 FCPG[84]。其中 iPoet 和 Planning 分别属于"单一主题向量"和"逐一嵌入诗句"两种利用关键词的方式,而 FCPG 基于外部记忆网络结构,利用注意力机制对关键词进行读取,其中每个关键词的每一个字都从左至右有序且单独地以隐状态的形式存储于编码端。

4) 评测指标:对自动评测,我们评价不同模型的关键词包含率,即分别对输入为 1 至 4 个关键词的情况,统计所输入的关键词在生成的诗歌中出现的比例。具体而言,对多个输入的关键词 $w_1, \cdots, w_K$ 及生成的诗歌 x,我们按照如下公式计算该首诗的关键词包含率 r:

$$r = \frac{1}{K} \sum_{k=1}^{K} \frac{1}{|w_k|} \sum_{j=1}^{|w_k|} r_{k,j} \qquad (5-5)$$

$$r_{k,j} = \begin{cases} 1 & \text{如果 } w_{k,j} \in x \\ \max\{\cos(e(w_{k,j}), e(x_j))\}_{j=1}^{|x|} & \text{否则} \end{cases} \qquad (5-6)$$

其中$|\boldsymbol{w}_k|$表示第k个关键词的字数，$\boldsymbol{w}_{k,j}$表示其中的第j个字，$e(\cdot)$表示字向量，$\cos(\cdot)$为两个向量的余弦距离，即我们通过字符出现与否简单计算包含率。对字符没有显式出现的同义/近义等情况，我们采用余弦相似度进行度量，最后汇报各个模型在1 000组测例上的平均包含率。对人工评测，我们一共选取30组关键词（每组关键词数目不等），并用上述4个模型生成绝句，共得到120(30×4)首诗歌。随后我们给出输入的关键词及其对应生成的诗歌，邀请标注者对诗歌的**扣题性**进行打分。Planning模型在设计上倾向于把关键词嵌入诗中，关键词包含率天然较高，不具备可比性，因此我们只对Planning做人工评测。

5.2.3 实验结果

图5.3给出了评测结果。从图中可以看出输入的关键词越多，各个模型能将其成功在诗中生成的比例越低。输入单关键词时，iPoet模型的关键词包含率达到65%，但是当关键词增加至4个时，该比例降低至28%。如我们上述所分析的，这类采用单一主题向量的模型会将多个关键词混杂在向量中，从而导致主题信息的丢失。相比之下，使用注意力机制的FCPG模型因为维护了完整的主题信息，所以关键词包含率较高，但表达缺乏灵活性。我们所设计的结合了主题记忆模块的WM模型取得了最高的关键词包含率。输入单关键

词时，WM 的包含率接近 90%。得益于我们的主题追踪机制，输入 4 个关键词时，WM 的包含率仍有 78%，远高于基线模型。平均而言，WM 模型的关键词包含率能达到 83%，即用户输入的主题大部分都能以某种形式在生成的诗歌中得到体现，这显著提升了用户的使用体验。

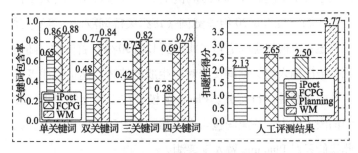

图 5.3 扣题性评测结果

此外，对扣题性的人工评测也反映了我们模型的优越性能。可以看到，iPoet 因为较低的关键词包含率，在人工评测下得分也较低。FCPG 得益于显式、完整的主题词维护以及注意力机制的使用，得分超过其他基线模型。然而，FCPG 过分追求新颖性导致语句不够流畅，影响了主题信息的表达。此外，Planning 模型虽然能够将关键词完全嵌入，但是表达主题的顺序完全依赖输入顺序，导致关键词的嵌入过于机械，同时主题表达的形式不够灵活，因此得分甚至低于 FCPG。相比之下，我们的模型在人工评测中也取得了显著高于基线模型的得分。

上述定量实验充分表明我们设计的主题记忆模块和主题

追踪机制确实能带来一定的扣题性提升，下面我们将给出各个模型生成的具体诗歌并进行分析。

5.2.4 实例分析

图 5.4 给出了 3 组关键词及对应的各模型所生成的诗歌。可以清楚地观察到，以 iPoet 为代表的"单一主题向量"模型虽然对关键词的表达更加多样，但是倾向于漏生成，一般只有 1~2 个关键词能够被生成出来。相比之下，我们的 WM 模型对输入的关键词几乎都能完整地进行表达，此外表达顺序和形式更为灵活。如图 5.4a 的实例所示，关键词输入的顺序为"忧、月照、词赋"，而我们的模型生成顺序为"词赋、忧、月照"，与输入顺序无关。同时，我们的模型没有生硬地将关键词插入诗句，而是采用了更为灵活的形式。例如，WM 将"月照"两字分拆在两句中，以"谁知江上月，独照故人愁。"这样意境完整连贯的语句对主题进行了表达。

此外，在图 5.4c 的实例中可以看到，Planning 模型将 3 个关键词机械地嵌入每一句，导致上下文在逻辑和语义上都不够连贯通顺，损害了一首诗的整体性。FCPG 模型虽然也能生成大部分关键词，但是对新颖性的过分强调导致该模型常常生成不够通顺的语句，如"眉勉强强健饭前"。对比之下，我们的 WM 模型无遗漏地表达了每个主题词，同时表达顺序更为灵活。在形式上，WM 没有直接嵌入"笔墨"一词，而是将其拆为"翰墨""笔"的形式进行生成，与人类的创作行为更加接近。

iPoet	WM	iPoet	WM
三十年前梦,	词赋千年魄,	千里风尘溴洞寒,	万里风烟日月寒,
诗句一番秋。	文章百代忧。	百年天地一人看。	空山寂寞对残年。
不知何处是,	谁知江上月,	平生石鼎云霞诀,	凭君莫叹飘零恨,
几回相望愁。	独照故人愁。	只有侳侗境外安。	一片飞鸿度海天。

a) 关键词：忧、月照、词赋 生成的绝句　　　b) 关键词：风烟、空山、日月 生成的绝句

Planning	iPoet	FCPG	WM
不知天下有人间,	天地本来无一物,	笔下题诗成底事,	翰墨淋漓天下笔,
仙去忘言到此朝。	世间何事不成仙。	手中天地一忘言。	文章璀璨日华巅。
白首青山传笔墨,	可怜胯下寻奇处,	世间休论功勋业,	忘山我辈无拘束,
黄云满地草心遥。	万里青山绕郭田。	眉勉强强健饭前。	寄语江南第一篇。

c) 关键词：天下、忘言、笔墨生成的绝句

图 5.4　不同模型生成的绝句实例

上述实验表明，我们所设计的模型结构能够较好地处理用户输入多个关键词的情况，不仅在最大程度上将用户主题完整地生成出来，还使得主题表达的顺序和形式更加灵活多样。除关键词外，用户也常常倾向于直接输入现代汉语语句，用完整的句子对想要表达的主题进行描述。在下一小节，我们将介绍针对这一情况所提出的解决方案。

5.3　基于风格实例支撑的隐空间的扣题性提升

如图 5.5a 所示，对于现代汉语的语句输入，现有工

作[83,86]通常采用简单的工程化流程进行处理,即先进行中文分词,随后利用 TextRank[120] 等算法从中抽取若干关键词,最后将所抽取的关键词输入 5.2 节介绍的多关键词诗歌生成模型。这一方法虽然简便,但是分词和关键词抽取都可能存在误差。同时,所抽取的若干个关键词无法代表完整句子的语义。从语句到关键词的转换必然带来语义信息的损失。如图 5.5a 中的示例,抽取关键词时遗漏了"君""明德"等主要信息,从而导致模型无法生成用户所期望的目标诗句。

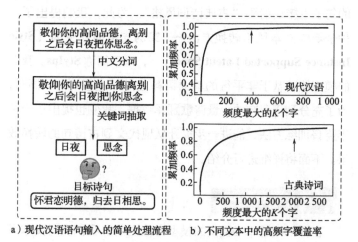

a) 现代汉语语句输入的简单处理流程　　b) 不同文本中的高频字覆盖率

图 5.5　现代汉语输入的简单处理及不同文本的高频字覆盖率

为解决这一问题,我们考虑直接将现代汉语的句子转换映射到古典诗句。由于现存高质量的现代汉语到古诗词的平行翻译数据较少,现有的神经网络翻译模型[8-9]效果欠佳,必须另辟蹊径。我们对 20 万句古诗句和现代文语句进行了分析,发现古典诗歌字表包含 9 272 个字,现代汉语字表包含 7 460 个字,而其中有 6 491 个字重合。进一步观察发现,二者词表重合的大部分为高频字。图 5.5b 画出了两种文体不同频率的字的覆盖率,可以看出高频字覆盖了绝大部分数据。上述分析表明,古诗词和现代文的字词有较大的重合,可将它们看作同一语言下的不同风格。基于这一假设,我们提出采用文本风格转换的方法,将一句中文"现代文风格"的句子直接映射到"古典诗词风格"。为此,我们提出了一种全新的文本风格转换方法——**实例支撑的隐空间(Style Instance Supported Latent Space)** ⊖,以下简称 **StyIns**。我们的模型能够基于非平行的单语语料进行无监督训练。同时,为了充分利用现存的少量诗歌翻译数据,我们也提出了一种半监督训练方法,能进一步提升从现代文到古诗句的转换效果。下面将详细进行介绍。

5.3.1 设计思路

在详细阐述本书提出的模型方法之前,我们先对文本风格转换及 StyIns 模型的设计思路进行简要介绍。所谓文本风

⊖ 本部分工作以 "Text Style Transfer via Learning Style Instance Supported Latent Space" 为题发表在 2020 年的国际学术会议 "The International Joint Conference on Artificial Intelligence(IJCAI 2020)" 上。

格转换即赋予一个语句不同的风格，同时保持句子的主要语义内容不变。常见的风格转换任务包括正负面情感文本的相互转换[135-136]、口语化文本和书面语文本的相互转换[137-138]等等。与这些工作不同，我们将现代文与古诗词看作中文上的两种风格，并用文本风格转换技术将现代汉语句子转为古诗句，同时保持原句的语义不变，以提升生成诗歌的扣题性。

如图5.6所示，目前文本风格转换有两种主流方法。

- **隐空间风格内容解耦合**[135,139-141]：这一方法先得到输入的源语句的向量表示，然后将向量中表示内容和表示风格的部分相互剥离（解耦合，disentanglement）。所得到的不含任何风格信息的内容表示会和一个目标风格的表示相结合，如图5.6a所示，并输入到解码器中生成带目标风格和源语句内容的句子。然而，对文本来说，风格是一个涉及语言的各种属性和特征的高度复杂的概念[142]。无论是语言学[143]还是人工智能领域[136]相关的研究都表明文本的风格和内容无法彻底分离。尤其对诗歌来说，风格和内容的解耦合更加困难。这类方法得到的风格向量表征能力较强，但是其表示中通常会附带一些不相关的内容信息。因此，这种方法一般可以获得较高的风格转换准确度，但无法保留完整的源语句内容。

- **基于注意力机制的 Seq2Seq 模型**[136,144]：为了进一步提高内容保存度，第二类方法采用基于注意力机制的 Seq2Seq 结构[8-9]。如图 5.6b 所示，该类方法在编码端输入源语句，并将一个风格嵌入表示（style embedding）输入到解码端以提供风格信号，进而生成目标风格的语句。该模型通过回环重构等训练目标，促使模型集中在与风格无关的词上，并利用风格嵌入来激励模型生成和融合风格相关的字词。在这一过程中，编码端保留了所有字词级别的源语句信息，同时不需要显式的解耦合。然而，如上文提到的，风格是一个高度复杂的概念，模型很难学到一个既具备足够表征能力又足够灵活平滑的嵌入表示来表征风格这一概念。因此，这些模型往往过分强调内容的保存，以逃避对嵌入表示的学习，导致风格准确度不够理想。

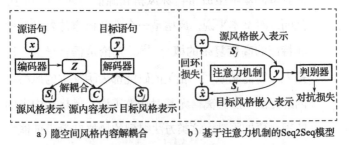

图 5.6 文本风格转换的两种主流方法

从上述介绍可见，现有的主流方法存在风格转换准确率和内容保存度的矛盾。对本书关注的任务来说，我们希望对用户输入的现代汉语语句进行转换后，得到的诗句既具备中文古典诗歌的特征（如用词、句法等方面），又能完整保留源语句的内容，以实现对用户主题信息最大程度的表达。基于此，我们提出的 StyIns 模型的核心思路是把上述两种方法的思想进行结合，取长补短。一方面，因为本章的主要关注点是扣题性，所以我们采用基于注意力机制的 Seq2Seq 模型作为基本结构，以实现源语句内容信息（即用户主题信息）最大程度的保留。另一方面，我们不再使用简单的风格嵌入，而是构造表达力更强的风格表示。相关的语言学研究[145]表明，风格是一种群体性的特征，体现为一组文本表现出来的某种共性，例如某个作家的多部作品体现出来的共同特征。风格特征可以通过对**多个实例（multiple instances）**的观察和广泛比较得到。

受这一思想的启发，我们的 StyIns 模型采用多个风格实例来代表一组风格。例如，使用 1 000 句诗句构成的集合来代表"古典诗歌"这一风格。在转换每一句诗句时，我们提供给模型一个风格实例集合，帮助模型从中抽取潜在的风格属性，以构造一个具有较强区分度和表征能力的古诗词风格隐空间（Style Latent Space）。随后我们从该空间中进行采样得到风格向量并输入到解码端，以提供强化的风格信号，引导模型生成古诗句。这一方法能够在古诗风格的准确率和源端主题信息保留度上取得较好的平衡。下面将详细介绍 StyIns 的模型结构。

5.3.2 模型框架

定义"现代汉语"这一风格为 s_i，"古典诗歌"这一风格为 s_j，我们的目标是将输入的现代汉语句子 x，转换为一句古诗句 y。y 需要尽可能接近目标诗句 y^*。为了构造更强的风格表示，我们提供一个诗句集合 $\varPhi_K^j = \{\hat{y}_k\}_{k=1}^{K}$，$y^* \notin \varPhi_K^j$ 以代表"古典诗歌"风格，其中上标 j 表示风格 s_j。这一集合称为**风格实例**（style instances），可以看作古典诗歌这一风格上的一个经验分布（empirical distribution），用来帮助模型更好地学习风格特征。我们进一步采用一个隐变量（latent variable）z 来表示这些风格实例构造的隐空间，以表征风格这一复杂的概念。我们可以假设同一风格上的不同句子，如不同的古诗句，是基于 z 条件独立的。在这一假设下，我们可以推导出一个全新的风格转换的数学形式：

$$\begin{aligned}
p(y \mid x, \varPhi_K^j) &= \int p(y, z \mid x, \varPhi_K^j) \, dz \\
&= \int p(y \mid x, z) p(z \mid \varPhi_K^j) \, dz \\
&= \mathbb{E}_{z \sim p(z \mid \varPhi_K^j)} [p(y \mid x, z)]
\end{aligned} \quad (5\text{-}7)$$

式（5-7）与现有的风格转换形式[135,140] 都不相同。同时，该式也直接定义了我们的 StyIns 模型的结构。如图 5.7 所示，StyIns 包含两个双向 LSTM[82,118] 的编码器。$E_{src}(x)$，

称为**源编码器（Source Encoder）**，$E_{sty}(\Phi_K^j)$，称为**风格编码器（Style Encoder）**，用于对分布 $p(z|\Phi_K^j)$ 建模，以及一个带注意力机制[8]的解码器，$D(H,z)$。源编码器将给定的语句 x 映射到一组隐状态向量 H，然后解码器以 H 和 z 作为输入生成转换后的诗句 y，其中 $z \sim p(z|\Phi_K^j)$。这 3 个模块共同组成了我们的生成器 $G(x, \Phi_K^j)$。生成器以一句现代文语句和一组古诗词风格实例为输入，输出转换后的古诗句 y。此外，模型还包含一个判别器 C 用于进行对抗训练。下面将分别介绍 StyIns 核心的风格编码器和训练方式。

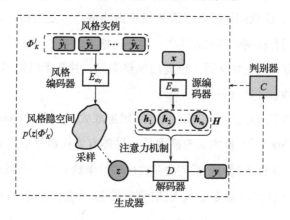

图 5.7 StyIns 模型结构图

5.3.2.1 构造风格隐空间

风格编码器 $E_{sty}(\Phi_K^j)$ 是我们模型的核心组件，该编码器

以风格实例 Φ_K^j 作为输入，构造一个风格隐空间，然后输出一个采样得到的风格表示 z，提供给解码器以引导古诗风格相关的内容生成。现有的工作[141] 通常采用变分自编码器（VAE）[87] 构建隐空间。基于平均场近似，VAE 模型假设每个句子都是相互独立的，并且为每个句子单独分配一个各向同性的高斯隐空间（Isotropic Gaussian Latent Space）。这样的隐空间的各个维度相互独立（即隐变量的协方差矩阵为对角阵），因此带来了计算上的各种便利性。但是这一做法存在两个问题。首先，维度独立的高斯空间的表征能力不够强[146]，而我们的任务中需要表示古诗词这一复杂概念，对隐空间有较高的要求。其次，同一风格下的各个句子并不相互独立，而是共享同一全局的风格空间，并基于风格表示 z 条件独立（式（5-7））。

为了避免这些问题，我们采用**生成式流模型（Generative Flow）**[147] 技术。流模型是一种能有效构造复杂分布的技术，该技术通过一系列的参数化映射函数 f_t 将一个服从简单分布的初始隐变量 z_0 映射到一个服从复杂分布的隐变量 z_T：

$$z_t = f_t(z_{t-1}, c), z_0 \sim p(z_0 | c), \quad t \in \{1, 2, \cdots, T\} \quad (5-8)$$

其中，c 是给定条件，T 是映射函数链的长度（函数的个数）。流模型要求每个映射函数 f_t 是可逆的，其雅可比行列式（Jacobian determinant）是可计算的。然后我们可以通过以下公式得到最终分布的概率密度：

$$\log p(z_T \mid c) = \log p(z_0 \mid c) - \sum_{t=1}^{T} \log \det \left| \frac{\mathrm{d}z_t}{\mathrm{d}z_{t-1}} \right| \quad (5-9)$$

近年来，针对映射函数 f_t 的具体形式，研究者们提出了多种不同的设计[147-149]。在本章中，我们采用一个结构简单但有效的形式——逆向自回归流（Inverse Autoregressive Flow，IAF）[150]。更具体地，我们有如下公式：

$$[m_t, o_t] \leftarrow g_t(z_{t-1}, c), \quad \sigma_t = \mathrm{sigmoid}(o_t) \quad (5-10)$$

$$z_t = \sigma_t \odot z_{t-1} + (1 - \sigma_t) \odot m_t \quad (5-11)$$

其中 $\odot$ 是逐元素相乘。g_t 是一个自回归神经网络，其输出的向量中第 i 个元素是基于前 $i-1$ 个元素计算得到的。我们采用 MADE[151] 这一结构作为 g_t。

为了构造一个风格表征能力更强的隐空间，我们使用 K 个风格实例 $\Phi_K^j = \{\hat{y}_k\}_{k=1}^{K}$ 而非单一句子或者风格嵌入表示。具体而言，我们将每个实例 $\hat{y}_k$ 输入另一个双向 LSTM，并将正向和逆向的尾字隐状态拼接得到该句的句向量 v_k。然后我们假设式（5-8）中的初始隐变量 z_0 服从各向同性高斯分布，并使用极大似然估计（MLE）近似该分布的均值和方差向量：

$$z_0 \sim p(z_0 \mid \Phi_K^j) = \mathcal{N}(\boldsymbol{\mu}_0, \sigma_0^2 \boldsymbol{I}) \quad (5-12)$$

$$\boldsymbol{\mu}_0 \approx \frac{1}{K} \sum_{k=1}^{K} v_k, \quad \sigma_0^2 \approx \frac{1}{K-1} \sum_{k=1}^{K} (v_k - \boldsymbol{\mu}_0)^2 \quad (5-13)$$

$$c = \mathrm{MLP}(\boldsymbol{\mu}_0) \quad (5-14)$$

其中，对方差的近似我们使用无偏估计。c 是风格实例 Φ_K^j 的一个整体全局表示，通过将上述均值 μ_0 经过一个多层感知器（MLP）转换得到，并用于式（5-10），作为全局风格信号引导整个流模型的映射链。

基于上面介绍的各个模块，给定输入的现代汉语句子 x 和古诗词风格实例 Φ_K^i，我们可以通过式（5-12）采样一个初始隐变量的取值 z_0，并通过式（5-9）进行映射，得到风格编码器 $E_{\text{sty}}(\Phi_K^j)$ 的输出 z。然后，z 将在解码器端生成每个字时，和每一步输入的字嵌入向量进行拼接并提供给模型，引导模型逐字生成古诗风格的语句。接下来我们将介绍 StyIns 模型的无监督和半监督训练方式。

5.3.2.2 无监督训练

给定一个现代汉语的源语句 x，以及两种风格实例 $\Phi_K^i(x \notin \Phi_K^i)$ 和 Φ_K^j，分别对应输入的现代汉语风格 s_i 以及目标的古典诗词风格 s_j，我们采用如下 3 种损失函数构建监督信号。

- 重构损失（Reconstruction Loss）。该损失函数要求模型在给定源语句 x 和对应的风格实例时，能成功将源语句复现。此项被多个现有工作广泛使用[135,138,152]，具体如下：

$$\mathcal{L}_{\text{recon}} = -\log p_G(x \mid x, \Phi_K^i) \qquad (5\text{-}15)$$

重构损失能有效帮助模型熟悉源风格表示，同时有助于充分利用源端的训练数据提升所生成的语句的通顺性。

- 回环一致性损失（Cycle Consistency Loss）。回环一致性首先被应用于图像的风格转换[153]，随后被文本风格转换的诸多工作采用[136,144]。我们将源语句 x 转换为目标风格的语句 y，然后结合源风格实例 Φ_K^i 再将 y 转换回源语句 x，并考察转回来的语句与输入的源语句之间的一致性：

$$\mathcal{L}_{\text{cycle}} = -\log p_G(x \mid y, \Phi_K^i), \quad y \leftarrow G(x, \Phi_K^j)$$

(5-16)

如果转换后的语句 y 丢失了大部分内容信息，那么模型势必无法将其再转换回源语句。该损失能够帮助模型在两个方向的转换过程中捕捉到风格无关的内容信息。此外，在训练的每一轮迭代中，我们都从训练集中随机采样不同的语句构成风格实例。因为每次提供的风格实例语句不同，所以模型可以在训练过程中更好地学习和泛化每个风格具有的共性特征。

- 对抗风格损失（Adversarial Style Loss）。在没有平行数据的情况下，模型无法学到不同风格之间字词的对应关系。此时，一般采用对抗训练（Adversarial Training）[90]来构造监督信号。参考现有工作[144]我们定义 3 个类别，即现代汉语风格、古典诗歌风格、所生成的伪数据，然后训练一个分类器 C 作为判别器（Discriminator）来判断一个输入的句子属于上述哪种风格。随后，我们采用如下损失函数，以激励模型生成出能够欺骗分类器的对应风格的语句：

$$\mathcal{L}_{\text{style}} = -\log p_C(j \mid \boldsymbol{y}) \qquad (5-17)$$

同时，判别器交替地按照如下损失进行训练以实现对 3 个类别的正确判断：

$$\mathcal{L}_C = -[\log p_C(i \mid \boldsymbol{x}) + \log p_C(i \mid \hat{\boldsymbol{x}}) + \log p_C(M+1 \mid \boldsymbol{y})]$$

$$(5-18)$$

其中，$\hat{\boldsymbol{x}} \leftarrow G(\boldsymbol{x}, \boldsymbol{\Phi}_K^i)$，$M$ 为风格的数量，在本章中，$M=2$。对抗训练的本质是最小化两个分布之间的散度（Divergence）以实现不同分布的对齐[90]。上述对抗损失能帮助模型在无监督的条件下学习到两个风格中字词的对应关系。

5.3.2.3 半监督训练

前一部分我们介绍了无监督训练的方法。对本章关注的从现代汉语句子到古诗句的转换任务来说，现存的翻译数据较少。为了进一步利用这些平行数据，我们设计了一个半监督的训练损失函数。我们的 StyIns 模型可以看作在风格实例的支撑下，对目标风格的信息进行构造。如果目标语句 $\boldsymbol{y}^* \notin$

Φ_K^j 存在，我们可以直接通过最大化概率 $\log p(\boldsymbol{y}^* \mid \boldsymbol{x}, \Phi_K^j)$ 来构建监督信号，进而帮助模型更好地学习真实的目标语句信息。为了更好地促进模型学习，我们需要将该概率分布融合入上述不同模块（例如源编码器、风格编码器等）的训练中。为此，我们可以推导出它的一个变分下界（Variational Lower Bound），具体如下：

$$\begin{aligned}
\log p(\boldsymbol{y} \mid \boldsymbol{x}, \Phi_K^j) &= \int q(\boldsymbol{z} \mid \boldsymbol{y}, \Phi_K^j) \log p(\boldsymbol{y} \mid \boldsymbol{x}, \Phi_K^j) \mathrm{d}\boldsymbol{z} \\
&= \int q(\boldsymbol{z} \mid \boldsymbol{y}, \Phi_K^j) \log \left[\frac{p(\boldsymbol{y}, \boldsymbol{z} \mid \boldsymbol{x}, \Phi_K^j)}{q(\boldsymbol{z} \mid \boldsymbol{y}, \Phi_K^j)} \right] + \\
&\quad \mathrm{KL}[q(\boldsymbol{z} \mid \boldsymbol{y}, \Phi_K^j) \| p(\boldsymbol{z} \mid \boldsymbol{x}, \boldsymbol{y}, \Phi_K^j)] \mathrm{d}\boldsymbol{z} \\
&\geqslant \int q(\boldsymbol{z} \mid \boldsymbol{y}, \Phi_K^j) [\log p(\boldsymbol{y}, \boldsymbol{z} \mid \boldsymbol{x}, \Phi_K^j) - \\
&\quad \log q(\boldsymbol{z} \mid \boldsymbol{y}, \Phi_K^j)] \mathrm{d}\boldsymbol{z} \\
&= \mathbb{E}_{q(\boldsymbol{z} \mid \boldsymbol{y}, \Phi_K^j)} [\log p(\boldsymbol{y} \mid \boldsymbol{z}, \boldsymbol{x})] - \\
&\quad \mathrm{KL}[q(\boldsymbol{z} \mid \boldsymbol{y}, \Phi_K^j) \| p(\boldsymbol{z} \mid \Phi_K^j)] \quad (5\text{-}19)
\end{aligned}$$

算法 5.1 StyIns 半监督训练

1: **for** 训练迭代次数 **do**
2:     随机交换现代汉语风格和古典诗歌风格的编号 s_i 和 s_j；
3:     从对应风格的数据集中采样得到风格实例集合 Φ_K^i 和 Φ_K^j；
4:     从风格 s_i 对应的数据集中采样源语句 $\boldsymbol{x}, \boldsymbol{x} \notin \Phi_K^i$；
5:     累加无监督损失 $\mathcal{L}_{\mathrm{recon}}, \mathcal{L}_{\mathrm{cycle}}, \mathcal{L}_{\mathrm{style}}$；
6:     **if** $\boldsymbol{y}^*$ 存在 **then**
7:         累加有监督损失 $\mathcal{L}_{\mathrm{super}}$；
8:     **end if**

9: 更新生成器 G 的参数；
10: **for** n_C steps **do**
11:　　以损失 $\mathcal{L}_C$ 更新判别器 C 的参数；
12: **end for**
13: **end for**

基于式（5-19）的变分下界，我们可以将目标诗句 $\boldsymbol{y}^*$ 代入，并定义最终的有监督损失如下：

$$\mathcal{L}_{\text{super}} = -\alpha * \mathbb{E}_{q(z|\boldsymbol{y}^*, \Phi_K^j)} [\log p(\boldsymbol{y}^* | z, \boldsymbol{x}) + \log p(z | \Phi_K^j) - \log q(z | \boldsymbol{y}^*, \Phi_K^j)] + \beta \mathbb{E}_{q(z|\Phi_K^j)} [-\log p(\boldsymbol{y}^* | z, \boldsymbol{x})]$$

(5-20)

其中 α 和 β 是调整两部分损失比例的超参数。

通过优化式（5-20），我们可以同时完成3个目标。其一，我们在最大化概率 $\log p(\boldsymbol{y}^* | \boldsymbol{x}, \Phi_K^j)$ 的下界，以帮助模型更好地学习预测目标语句对应的信息。其二，我们在最小化概率 $-\log p(\boldsymbol{y}^* | \boldsymbol{x}, \Phi_K^j)$ 的上界，即式（5-20）中的第二项。这一概率分布即我们在式（5-7）中所定义的文本风格转化的数学目标形式。其三，我们在对齐有目标语句的后验分布 $q(z | \boldsymbol{y}^*, \Phi_K^j)$ 和没有目标语句的先验分布 $q(z | \boldsymbol{y}, \Phi_K^j)$。因为在生成测试时，目标语句是不可获取的，上述损失函数有助于使先验风格隐空间更加接近真实的目标隐空间，从而帮助模型更好地提取风格特征。算法5.1描述了我们模型完整的半监督训练流程。

5.3.3 实验设置

1)数据集:我们构建了一个包含20万句现代汉语语句(主要为小说、散文、歌词等)和20万句绝句诗句的数据集。此外为了进行半监督的训练和测试,我们还收集了7 000对人类创作的<现代汉语,古诗句>数据对。具体数据集信息如表5.1所示。由于从现代文文本直接到古诗的转换涉及不同文体之间用词、语法、句法等复杂信息的转换,相比情感、文本正式程度等风格转换任务更为困难,因此本章只在现代汉语单句到古诗单句的转换上进行尝试。例如,依据用户输入的现代文本,直接转换得到一首绝句的前两句,然后采用句到句(line-to-line)的诗歌生成模型[71-72,93]完成后续两句的生成。直接从现代汉语语句到整首古典诗歌的转换需要更加精巧的模型结构设计,我们留待未来的工作进行。

表5.1 数据集统计

风格	平行数据			非平行数据	
	训练	验证	测试	训练	验证
现代汉语	4 000	1 000	2 000	200 000	10 000
古典诗词	4 000	1 000	2 000	200 000	10 000

2)参数设置:我们将词嵌入向量维度、隐状态维度、风格实例数量 K 和流模型映射链长度 T 分别设置为256、

512、10和6。编码器和解码器共享相同的词嵌入矩阵。式（5-20）中风格隐变量 z 的先验分布和后验分布共享同一套待训练参数以减小模型尺寸。我们采用一个带谱规范化（Spectral Normalization）[154]的卷积神经网络（CNN）分类器作为判别器。此外，因为生成的句子是离散的，所以直接输入判别器无法产生梯度信号。对这一问题，我们参考前人工作[144]，将模型预测的输出分布和词嵌入矩阵相乘，以得到字词的平滑表示，随后将该表示输入判别器进行训练。我们使用 Adam[121] 优化器进行优化，batch size 设为 64。此处我们重点关注模型本身将现代汉语转换为古诗句的能力，没有使用3.3节的格律控制。

3）基线模型：我们主要对比我们的 StyIns 模型和 **CPLS** 模型[155]。据我们所知，CPLS 是进行本项工作时，唯一适用于现代文到古诗句的半监督风格转换模型。

4）评测指标：我们主要从风格转换准确率（Style Transfer Accuracy）、内容保留度（Content Preservation）和语句通顺性（Fluency）3个层面进行自动和人工评测。

- 自动评测：参考前人工作[138-139,141,144]，我们使用分类器概率（Acc）作为风格转换的准确率。具体而言，我们预先训练了一个基于 CNN 的分类器，该分析器对现代汉语和古诗词风格的判断准确度达到98%。对一句生成的诗句，我们以该分类器对其给出的属于古诗词风格的概率作为指标。对于内容保存度，我们使用转换后的句子和人类创作的参考诗句之间的 BLEU 分数,以及源语句和转换后的语句的向量表示的余弦距离(Cos)[139]来进行度量。我们将余弦数值乘以 100 来匹配其他指标的范围。此外,我们用古诗句训练了一个 5-gram 的 KenLM 语言模型[74],并用转换后的语句在语言模型上的困惑度(PPL)来衡量通顺性。最后,我们计算了上述各个指标,即 Acc、BLEU、Cos 和 1/logPPL 的几何平均(GM)作为衡量整体质量的指标。

- 人工评测:我们用每个模型分别转换 50 句现代汉语句子,并邀请 3 位评测者对风格转换准确率、内容保留度和语句通顺性按 1~5 分进行打分。

5.3.4 实验结果

表 5.2 给出了使用不同数量的平行数据进行半监督训练的结果。可以看出,我们的模型得到了更好的整体效果(更高的 GM)。得益于带注意力机制的 Seq2Seq 结构,StyIns 能够最大程度地保留源语句的内容信息,并因此获得显著超过 CPLS 的 BLEU 和 Cos 分数。CPLS 转换的诗句的语句通顺性更好(PPL 更低)。这主要是因为 CPLS 倾向于产生通顺但与输入内容无关的诗句(参见图 5.9)。此外可以看出,随着平行数据量从 1 000 增加到 4 000,CPLS 和我们的 StyIns 效果都有所提升。但是 CPLS 在 BLEU 上对平行数

据量更敏感，随着数据增多，CPLS 的 BLEU 分数增加了 3 倍。相比之下，StyIns 在数据增多时的提升有限，这说明我们的模型更适用于如现代汉语生成诗歌这类平行数据稀缺的任务。

表 5.2　自动评测结果。↑/↓分别表示数值越高/低越好

模型	Acc ↑	BLEU ↑	Cos ↑	PPL ↓	GM ↑
模型	平行训练数据 1 000				
CPLS	**99.0**	0.77	89	**329**	5.85
StyIns	97.4	**3.74**	**95**	443	**8.68**
模型	平行训练数据 4 000				
CPLS	**98.3**	3.13	90	**283**	8.37
StyIns	97.5	**4.00**	**95**	410	**8.86**

人工评测的结果如图 5.8 所示。我们使用 4 000 平行数据训练得到的模型进行人工评测。可以看到，人工评测结果与自动评测基本一致。CPLS 在风格转换准确率上略高于我们的模型。如上所述，CPLS 倾向于生成在用词和句法上更像古诗词的语句，但是源语句的内容无法较好地保存。相比之下，我们的 StyIns 在内容保存度上的提升十分显著。因为本章关注的是诗歌生成的扣题性问题，期望能将用户输入的现代汉语语句中的主题信息无遗漏地在诗句中进行体现。所以，我们提出的 StyIns 模型在内容保存度上更优这一性质也更加适用于本书所关注的自动诗歌写作任务。令人意想不到

的是，StyIns 在通顺性指标上取得了更高的分数。这主要是因为训练数据较少（每一种风格 20 万句非平行语句），无法充分地训练一个较好的语言模型，所以 PPL 的数值无法完全准确地反映通顺性。此外，人类评测者在评分时，会将诗句的语义合理程度也纳入通顺性的考虑，即生成的诗句语法正确，但没有表达出明确可理解的语义，也会被认为是不通顺。CPLS 倾向于生成与输入句无关且无意义的诗句，因此在通顺性上得分略低。

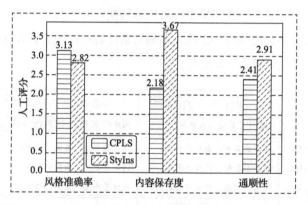

图 5.8　人工评测结果

5.3.5　实例分析

图 5.9 展示了不同模型转换得到的实例，我们也同时提供了每一组现代汉语句子对应的人类创作的诗句作为对比参考。可以清楚观察到，我们的 StyIns 模型相比 CPLS 成功保

留的现代汉语语句内容更多。例如，在实例（1）中，CPLS 遗漏了"敬仰""高尚品德""思念"这 3 部分关键内容，而我们的模型只遗漏了"离别"。从转换后的诗句看，CPLS 生成的"喜君最名事"难以理解，而 StyIns 生成的"敬仰君高德"则语句通顺、语义合理。此外也可看出，如上所述，CPLS 倾向于生成与输入句无关的内容，例如实例（2）中的"屋""头"，实例（4）中的"卷""寝"等，这些字词虽然在古诗词中较为常见，但在所输入的现代汉语句子中从未出现。相比之下，我们模型所实现的转换则表现为对源语句进行部分字词的删减和修改，然后对语序进行调整，以使生成的句子更加符合诗歌的句法。

输入语句	（1）敬仰 你的 高尚品德，离别 之后会日夜把你 思念。	（2）温暖的花丛中 卧 着青 牛，高高的 松枝 上有 白鹤 在 眠。
CPLS StyIns 目标诗句	喜君最名事，当日夜歌致。 敬仰君高德，日夜把君念。 怀君恋明德，归去日相思。	蓼花发青屋，高低映白头。 温暖青花丛，白鹤眠松枝。 花暖青牛卧，松高白鹤眠。
输入语句	（3）楼船 驶入 这 天镜 一样的 湖 中，锦幔 围成宫殿高入云霄。	（4）好酒佳酿 摆放在 高殿 之上，亲近的友人跟随我一同游玩。
CPLS StyIns 目标诗句	楼船天下中，烟宫浪云虚。 楼船驶入湖，锦殿入云霄。 楼船入天镜，帐殿开云衢。	欢卷闲高下，亲寝是游游。 好酒佳酿摆，亲近一同游。 置酒高殿上，亲交从我游。

图 5.9 不同模型转换得到的诗句实例，实线/虚线分别标出了 CPLS/StyIns 遗漏的源语句内容

在图 5.9 中，输入的现代汉语是人工撰写的对应古诗句的翻译文本。在图 5.10 中，我们提供了更多 StyIns 转换得到的语句。我们以歌词、散文等文体中的语句为输入进行转换，输入的句子更长，同时在语法上的现代汉语特征更为明显。即使对这样的输入，我们的模型也能在一定程度上将其转换为较为符合古诗风格，同时最大程度保留主题信息的诗句。

现代汉语输入	古诗句输出
一杯敬朝阳，一杯敬月光，唤醒我的向往，温柔了寒窗。	一杯喜朝阳，暖我无霜寒。
被辜负的女人如在末日，不原谅他又痛恨自己，一直消沉。	偷何负野女，一醉自苦尘。
拂袖起舞于梦中徘徊，相思蔓上心扉。	拂袖起作梦中眠，徘徊灵上亦纤涟。
地眷恋梨花泪，静画红妆等谁归，空留伊人徐徐惆悴。	轻深怯梨香，蹰梦追谁留。
塘中的月色并不均匀，但光与影有着和谐的旋律，如梵婀玲上奏着的名曲	草中月色秀，共但清泉香。

图 5.10 StyIns 对歌词、散文等文体的语句进行转换得到的结果实例

5.4 本章小结

在本章中，我们关注诗歌文学表现力面临的挑战之二——扣题性。诗歌自动写作是一种条件性生成任务，用户给定的主题信息需要在生成的诗句中得到完整、恰当、灵活

的表达。现有工作尚未系统地考虑和设计对诗歌扣题性的提升，这导致生成的诗歌倾向于遗漏用户指定的主题，既严重降低了用户的使用体验，也不利于下游基于作诗系统构建的各类应用。

针对用户输入多个关键词的情况，我们设计了一个新颖的主题记忆模块和主题追踪机制。我们的方法不再将多个关键词压缩到单一主题向量或者逐一嵌入每一句诗句，而是将其显式独立地存储于记忆模块中，并在生成过程中利用主题追踪机制记录和提供每一个主题表达与否的信息，以帮助模型更好地关注到尚未表达的关键词。我们的方法能显著提高生成诗歌的关键词包含率（>83%），同时能对关键词代表的主题信息进行顺序上更灵活、形式上更多样的表达。

针对用户直接输入现代汉语句子的情况，我们基于文本风格转换技术将现代汉语文本直接转换映射为古典诗句。为此，我们提出了一个风格实例支撑的隐空间模型（StyIns）。我们的模型整合了基于注意力机制的 Seq2Seq 结构和隐空间风格表示。基于一组风格实例构造出的风格隐空间的风格区分度和表征能力更强，能为生成模型提供更加显著的风格信息，并以此引导风格相关内容的生成，这在风格转换准确率和内容保存度上能取得更好的平衡。此外，我们的模型能够基于少量现代文到古诗的翻译平行数据进行训练，进一步加强从现代汉语句子到古诗句的转换效果，从而最大程度地保留输入语句中的主题信息。

| 第5章 | 诗歌文本质量：扣题性优化 |

　　至此，本书已经介绍了构成诗歌文学表现力的基础——文本质量的两个关键挑战，即上下文连贯性和扣题性。在这两项指标上取得的提升有助于构建更高质量的"作为一个整体的文本"和"渗透贯穿整个文本的主题"，从而帮助读者更好地完成对诗歌的阅读和理解过程。在此基础上，后续两章我们将进一步介绍诗歌文学表现力的另一层面——审美特征所面临的挑战及本书提出的解决方案。

第 6 章

诗歌审美特征：新颖性增强

6.1 问题分析

前两章我们介绍了提升自动生成的诗歌的上下文连贯性和扣题性的方法。基于能够连贯完整表达用户输入的主题信息的高质量文本，我们进一步考虑如何通过强化审美特征来提升诗歌的文学表现力。本章重点解决诗歌的新颖性问题。如 1.4 节所述，新颖性是诗歌审美特征的重要层面之一。新颖有趣的诗歌能够强化自身的张力和趣味性，从而更好地吸引读者的注意力，加强读者阅读过程中的审美体验，这也是文学文本区别于口头语言等习惯性用语的主要特征之一。

对新颖性的一个最基本要求是，当用户给定不同的输入时，模型应该能产生有足够差异性的诗歌，且在词语和意象使用等方面有足够的创新性，而非不断重复常见的表达和内容。然而，现有的诗歌生成模型难以满足这一要求。图 6.1a

第6章 诗歌审美特征：新颖性增强

展示了一个基线模型[75]以两个完全不同的关键词——"萧条"和"秋水"为输入所生成的两首五言绝句。可以看到，尽管输入不相同，但生成的诗歌重复了相同的词汇，如"夕阳"，甚至一模一样的整个句子"何处堪惆怅"。

a）基线模型依不同关键词生成的诗

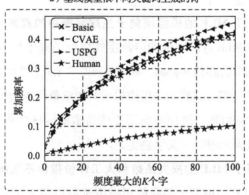

b）不同模型生成的诗歌中高频字的覆盖率

图 6.1 现有模型生成的诗歌新颖性较差

我们进一步对不同模型生成的诗歌文本⊖中高频字的覆

⊖ 对每个模型，我们以 4 000 个关键词为输入，对应生成 4 000 首绝句进行统计。

盖率进行了统计，结果如图 6.1b 所示。可以看到，现有模型生成的诗歌中，少数高频字覆盖了大部分生成的文本内容，例如，最高频的 20 个字在所生成文本中占 20%！相比之下，人类创作的诗歌中最高频的 20 个字只占了约 5% 的内容。这一结果表明，现有模型在进行生成时，倾向于记忆并不断重复语料库中的高频模式，如停用词、高频 n-gram 等，遣词用句的灵活性和新颖性相比人类诗人受到了极大限制。

造成这一问题的主要原因在于，现有模型大多是基于**极大似然估计（MLE）**进行参数学习的。这一优化目标会带来两个问题[110]：

- **基于 MLE 的模型倾向于生成数据中的高频模式**[84]。以 MLE 进行训练的诗歌生成模型倾向于生成训练数据中的高频 n-gram，如"不知""无人""何处""万里"等。这些司空见惯的词汇和意象严重损害了诗歌的新颖性，进而降低了生成诗歌的趣味性和可读性，极大地限制了文学表现力。

- **基于 MLE 的损失函数和人工评价指标不匹配**。基于 MLE 的模型一般会使用模型预测的每个字在词表上的分布和目标分布之间的交叉熵损失（Cross Entropy Loss）作为优化目标。这一损失带来了两种类型的不一致。①评价粒度不一致。交叉熵损失往往基于字词级别的匹配程度进行计算，而人类评价一首诗歌的好坏通常基于语句级别（一句诗）或篇章级别

（整首诗歌）。②评价指标不匹配。交叉熵是一种似然（likelihood）损失，即判断生成的诗歌是否和古人创作的目标诗歌一致。然而，人类进行评价时，不看一首诗是否"长得像古人写的"，而是依据一些具体的评测指标，如通顺性、连贯性、新颖性等，对诗歌的质量进行评分。评测指标的失配会使得模型倾向于优先优化简单的层面，例如赋予高频字更高的概率以在整体上降低似然损失，从而忽略连贯性、新颖性等其他更能反映诗歌实际质量的指标。

针对上述问题，本书的解决思路是**直接对人类评价诗歌的指标进行量化建模**㊀，构建相应指标的评分器，并将评分器给出的分数作为显式得分，通过强化学习（RL）来指导模型的梯度更新。这一评测指标驱动的训练过程能够有效缓解上述优化目标和评价指标不匹配的问题，从而激励模型生成在这些指标上得分高的诗歌，并促进生成的诗歌在遣词炼句、意象使用上的新颖程度更加接近人类诗作。

此外，我们可以发现上述思路与人类的写作学习过程十分相似。在诗歌写作教学中，教师会给定某些主题，学生依据主题进行诗歌创作，随后教师会根据一些具体的指标对学

㊀ 本章工作以 "Automatic Poetry Generation with Mutual Reinforcement Learning" 为题发表在 2018 年的国际学术会议 "The Conference on Empirical Methods in Natural Language Processing（EMNLP 2018）"上。

生诗作进行评判，为学生提供反馈和指导，帮助其弥补写作上的不足。在这一过程中，每个人类评价指标对应的自动评分器可以看作教师，而诗歌生成器可以看作学生，模型训练过程则与学生的写作-反馈-修改过程相一致。

更进一步地，我们发现当前工作都将诗歌自动写作看作一个**单人任务**，即同时只训练一个生成器，这与人类的学习过程不相符。人类在进行写作学习时，通常会由多个学生组成一个学习小组或者班级。学生不仅会从教师处得到反馈，相互之间也会有所借鉴参考，如图 6.2 所示。例如，某一学生创作的教师评价较好的作品，其他学生会将其当作范文进行学习。此外，相关写作理论也表明，写作学习过程需要观察和参考其他学习者[156]，向更有经验的创作者，如其他学生、作家、教师等进行学习[157]。因此，有必要赋予诗歌生成器相互学习和交流的能力。受这一思想启发，我们额外设计了一个新颖的**互强化学习框架（Mutual Reinforcement Learning）**，以下简称 **MRL**。具体而言，我们同时训练两个生成器（充当两个学生）以模拟学生之间的交流过程。在训练中，生成器不仅仅从评分器（充当教师）处获得监督信号，也会从另一个生成器处得到梯度。在下文实验中我们证明了这种相互学习的训练过程能进一步提升诗歌的质量。

总结而言，本章工作有三点主要贡献：①据我们所知，在诗歌生成任务上，本章是率先利用强化学习对人类评价指标进行建模的工作。我们提出的方法能有效缓解诗歌生成中

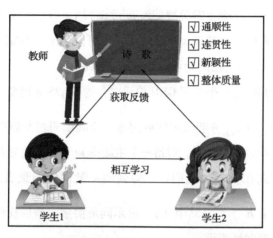

图 6.2 人类诗歌写作教学过程与强化学习训练相一致

的评价指标不匹配问题并显著提升诗歌新颖性。②我们提出了一个新颖的互强化学习框架来进一步提升诗歌质量,该框架对模型结构透明,可适用于任意生成模型。③我们在绝句生成上进行了实验,结果表明我们的方法明显超过了基线模型,不仅增强了诗歌的新颖性,还对质量的不同侧面都有所提升。

6.2 模型框架

6.2.1 基础生成模型

我们所提出的方法需要应用于一个基于 MLE 的基础诗歌生成模型。因此,我们首先简要介绍该基础模型。定义用户

输入的 K 个代表主题关键词为 $w=\{w_k\}_{k=1}^{K}$。我们采用逐行生成的方式生成一首诗 x，则生成任务可以定义为给定前 $i-1$ 句诗句 $x_{<i}$ 和主题词 w 时，生成第 i 句诗 x_i。

我们使用一个基于 GRU 单元[129] 的 Seq2Seq 模型，并设 $\vec{h}_{i,j}$、$\overleftarrow{h}_{i,j}$ 和 $s_{i,j}$ 分别为正向编码器、反向编码器和解码器中每个字对应的隐状态。对每一个主题词 w_k，我们将其每个字输入正向和反向的编码器，得到该关键词的向量表示 $v_k =$ $[\vec{h}_{|w_k|}; \overleftarrow{h}_{|w_k|}]$，其中 [;] 表示向量拼接。最后我们使用如下主题向量表示：

$$o = f\left(\frac{1}{K}\sum_{i=1}^{K} v_k\right) \quad (6-1)$$

其中 f 为一个非线性变换层㊀。随后，我们按如下公式逐字生成第 i 句诗 x_i：

$$s_{i,j} = \mathrm{GRU}(s_{i,j-1}, [e(x_{i,j-1}); g_{i-1}]) \quad (6-2)$$

$$P(x_{i,j} | x_{i,<j}, x_{<i}, w) = \mathrm{softmax}(Ws_{i,j}) \quad (6-3)$$

其中 $e(x_{i,j})$ 表示对应字的嵌入向量，W 为待学习的参数映

㊀ 注意此处我们简单地使用 5.2 节提到的"单一主题向量"方式对输入的关键词进行利用。这主要是因为在本章我们希望能深入考察所提出的 MRL 方法对模型性能的提升，所以采用较为简单的基础结构，以避免其他额外设计带来的干扰。但如 6.1 节所述，我们的 MRL 方法对模型结构是透明的，可以适用于任意生成器结构。对 MRL 和本书所提出的其他模型的结合，我们将在第 8 章进行简要介绍。

射矩阵。g_{i-1} 是一个全局上文信息向量，它记录了到目前为止生成的内容，并为模型提供全局的信息。一旦第 i 句诗 x_i 生成完毕，g_{i-1} 就会被一个卷积层更新：

$$a_j = f([s_{i,j}; \cdots; s_{i,j+d-1}]) \tag{6-4}$$

$$g_i = f\left(g_{i-1}, \sum_j a_j\right), \quad g_0 = 0 \tag{6-5}$$

其中，0 是全 0 向量，d 是卷积窗口大小。然后，整个基础模型将通过最小化标准 MLE 损失进行预训练：

$$\mathcal{L}_{\text{MLE}}(\theta) = -\sum_{m=1}^{M} \log p_\theta(x^m \mid w^m) \tag{6-6}$$

其中 M 是训练集大小，θ 是待训练的参数集。

这一基础模型是现有工作[75]的改进版本。主要的区别在于我们用 GRU 单元代替了 vanilla RNN，并用卷积来计算每一句诗句的表示，而不是直接使用解码器的末尾隐状态。我们选择这个模型作为我们的基本框架，因为它结构简单，同时整体性能尚可，并且该结构被证明优于其他更早的结构[69,72]。

6.2.2 单生成器强化学习

在介绍我们的互强化学习 MRL 之前，我们首先提出一个适用于诗歌生成的**单生成器强化学习（Single-Learner Reinforcement Learning，SRL）**，作为基础方法。我们定义不同的评测指标及对应的自动评分器。参考前人工作[60,72,75,93]，我们考虑如下 4 个对诗歌质量进行人工评测时广泛使用的指标。

- **新颖性**（Novelty）：生成的诗歌在遣词造句、意象使用等方面是否足够有新意？
- **通顺性**（Fluency）：生成的诗句是否语法正确、语义合理、足够流畅自然？
- **连贯性**（Coherence）：一首诗中的各个诗句在内容和意境上是否关联紧密？
- **整体质量**（Overall Quality）：读者对一首诗歌质量的整体印象和评价。

因为本章重点关注的是诗歌**新颖性**，所以我们首先考虑对新颖性进行量化建模。然而，如果片面地激励模型追求更加新颖的字词，可能造成生成的诗句不通顺、上下文不连贯等问题。因此，我们从 3.4 节介绍的诸多人工评测指标中，选择了通顺性、连贯性和整体质量这三个较为基础的指标一同进行量化，以此实现在增强新颖性的同时，不破坏诗歌原本的质量。下面将逐一介绍对每一个指标的近似。

1）新颖性评分器（Novelty Rewarder）。如 6.1 节所述，生成的诗歌新颖性较差主要体现在不断重复使用高频词，如"不知""何处""万里"等。这一现象在相关的文本生成任务，如对话生成（Dialogue Generation）中也较为常见[158-159]。例如，无论用户输入的语句是什么，基于神经网络的对话生成模型都倾向于回复"我不知道"等泛用回答。对于这一问题，我们简单地采用诗句里字词的 TF-IDF 值作为新颖性的度量[一]。一方面，TF-IDF 可以看作对字词频度的一种折中权衡，极高频和极低频的字词对应的 TF-IDF 值都较低。使用该数值可以有效地将尚未过度使用，同时又有良好语义的中频词识别出来。另一方面，我们发现人类创作的诗歌文本的 TF-IDF 值整体上显著高于基础模型生成的诗歌。因此，我们使用这一数值来度量新颖性，并以此促使生成的诗歌在词汇短语的分布上更加靠近人类诗作。

具体而言，我们基于整个语料库预先计算得到 TF-IDF 表。对每一个字词，通过查表得到其对应的 TF-IDF 值。然而这一做法在模型训练过程中存在较大问题。对每一句生成的诗句直接计算 TF-IDF 会带来严重的词表溢出（Out-Of-Vocabulary，OOV）问题，即生成的诗句中会存在诸多 TF-IDF 表未包含的字词，尤其是尚未充分训练的初始阶段。同时，这样查表得到的数值也不够平滑，导致新颖性得分的方差较大。因此，我们用另外一个神经网络来对一句诗的平均 TF-IDF 做近似和平滑：

$$R_1(\boldsymbol{x}) = \frac{1}{n}\sum_{i=1}^{n} F(\boldsymbol{x}_i) \qquad (6-7)$$

其中，$F(\boldsymbol{x}_i)$ 是一个基于双向 LSTM 的神经网络，它以一句诗句作为输入，并预测其估计的 TF-IDF 值。具体而言，我们

○ 我们将每一句诗句看作一个"文档"，基于 bigram 进行统计。

对于训练集中的每一句诗句,查表得到每个字词的标准 TF-IDF 数值,然后取平均作为该句的 TF-IDF 值。随后,我们用这些诗句及对应的 TF-IDF,基于如下 Huber 损失函数来训练 $F(\bm{x}_i)$:

$$L(y,F(\bm{x}_i)) = \begin{cases} \frac{1}{2}(y-F(\bm{x}_i))^2, & 对于 |y-F(\bm{x}_i)| < \delta \\ \delta(|y-F(\bm{x}_i)|-0.5\delta), & 否则 \end{cases}$$

(6-8)

其中 y 为诗句 $\bm{x}_i$ 的标准 TF-IDF 值,δ 为一个小的阈值。

2) **通顺性评分器(Fluency Rewarder)**。如上所述,单纯地激励模型取得更高的新颖性可能会导致生成的诗句不合语法、意义不明。因此,我们进一步采用一个在大语料上训练的神经网络语言模型[一],定义为 $p_{lm}(\bm{x}_i)$,来度量每一句诗句的通顺性。一句诗句在语言模型的评估下,概率 $p_{lm}(\bm{x}_i)$ 更高则表示该句更有可能在人类创作的诗句库中出现,因此也有可能更加流畅自然。然而,直接使用 $p_{lm}(\bm{x}_i)$ 作为评分会存在一定问题。过高的语言模型概率反而可能会损害新颖性,因为这一概率倾向于鼓励模型生成语料库中高频的内容。我们期望诗句能够在新颖与通顺之间取得平衡,获得在合理范围内的适中概率,既不太高又不太低。基于此,我们定义一首诗的通顺性得分如下:

㊀ 我们采用一个双向双层 LSTM 语言模型。

$$r(\boldsymbol{x}_i) = \max(\mid p_{\text{lm}}(\boldsymbol{x}_i) - \mu \mid - \delta_1 \sigma, 0) \quad (6\text{-}9)$$

$$R_2(\boldsymbol{x}) = \frac{1}{n}\sum_{i=1}^{n} \exp(-r(\boldsymbol{x}_i)) \quad (6\text{-}10)$$

其中 μ 和 σ 分别是整个训练集上计算得到的 p_{lm} 的均值和标准差。δ_1 是用于控制合理区间范围的超参数。上述得分会鼓励 p_{lm} 数值接近人类诗句的句子，同时惩罚 p_{lm} 过高（新颖性较差）和过低（不符合语法）的诗句。

3）**连贯性评分器（Coherence Rewarder）**。对于诗歌来说，良好的连贯性意味着一首诗中的每一句都与上文的诗句保持较为紧密的语义关联。参考对话生成任务中的相关工作[160]，我们使用互信息（MI）来度量每一句诗句 $\boldsymbol{x}_i$ 和前缀诗句 $\boldsymbol{x}_{<i}$ 的关联性。具体如下：

$$\text{MI}(\boldsymbol{x}_{<i},\boldsymbol{x}_i) = \log p_{\text{seq2seq}}(\boldsymbol{x}_i \mid \boldsymbol{x}_{<i}) - \lambda \log p_{\text{lm}}(\boldsymbol{x}_i) \quad (6\text{-}11)$$

$$R_3(\boldsymbol{x}) = \frac{1}{n-1}\sum_{i=2}^{n} \text{MI}(\boldsymbol{x}_{<i},\boldsymbol{x}_i) \quad (6\text{-}12)$$

其中 p_{seq2seq} 是另一个基于 GRU 的序列到序列模型，它将前面 $i-1$ 句拼接成长序列作为输入，并预测产生 $\boldsymbol{x}_i$ 的概率；p_{lm} 是通顺性评分器中使用的语言模型；λ 是用于调节高频诗句权重的参数。因为在神经网络模型的预测下，高频诗句和上文也自然有较高的概率匹配度，即相比低频语句，类似"万金油"的高频内容更倾向于表现出和上文的强相关性。所以，使用权重 λ 在度量关联性时对高频内容进行惩罚。对于 λ，相比预设的静态超参数，更灵活的办法是依据诗句 $\boldsymbol{x}_i$ 本身的频率进行动态计算。在本章工作中，我们直接设 $\lambda = \exp(-r(\boldsymbol{x}_i))+1$，以增大对概率极端的句子的惩罚，其中 $r(\boldsymbol{x}_i)$ 为式（6-9）计算所得。当诗句 $\boldsymbol{x}_i$ 的概率不在合理范围内时，λ 较小，度量诗句 $\boldsymbol{x}_i$ 与上文关联性的 MI 值也相应较小。

4）**整体质量评分器（Overall Quality Rewarder）**。以上三类评分都是句子级别的，但人类在评测诗歌时，通常也会进行篇章级的判断，即对一首诗的整体质量进行评价，忽略其中的一些小瑕疵。为了模拟这类评分，我们训练了一个神经网络分类器，将一首诗拼接为一个长序列输入，并进行三类别的分类：模型生成的诗歌（第 1 类）、普通人类诗人创作的诗歌（第 2 类）和名家名作（第 3 类）。然后我们按如下公式计算整体质量评分：

$$R_4(\boldsymbol{x}) = \sum_{k=1}^{3} p_{\mathrm{cl}}(k \mid \boldsymbol{x}) k \qquad (6\text{-}13)$$

其中 p_{cl} 为分类器，$p_{\mathrm{cl}}(k \mid \boldsymbol{x})$ 为预测的每首诗 $\boldsymbol{x}$ 在上述三个类别上的概率，k 为对应的第 1~3 类。我们分别设模型生成的诗歌、普通人类诗人创作的诗歌和名家名作为 1 分、2 分、3 分，并按对应的概率进行加权。这一分类器应该尽可能可靠，否则计算出的得分反而会误导模型。由于名家名作数量有限，普通的分类器效果较为有限，因此我们使用了一个基于对抗训练的半监督分类器[161]。在验证集上，该分类器在上述三个类别上的 F-1 值分别达到 0.96、0.73、0.76，效果可以接受。

基于上述四个分类器，我们定义一首诗歌的总得分如下：

$$R(x) = \sum_{j=1}^{4} \alpha_j \widetilde{R}_j(x) \quad (6-14)$$

其中 α_j 为预先设置的每类得分的权重，符号~表示这四类得分被重新按比例调整至同一数量级。参照前人工作[128]，我们进一步按如下公式减小训练过程中各评分器分数的方差：

$$R'(x) = \frac{R(x) - b_u}{\sqrt{\sigma_u^2 + \varepsilon}} - B(x) \quad (6-15)$$

其中，b_u 和 σ_u 分别是 R 在训练过程中的平均值和标准差。$B(x)$ 是一个用式（6-8）的 Huber 损失函数训练的双向 LSTM 神经网络，该网络以一首拼接为长序列的诗作为输入，预测所输入的诗歌的总得分 R。

下面我们介绍基于上述评分器的**深度强化学习（Deep Reinforcement Learn-ing，DRL）** 训练过程，以下简称 **DRL**。我们定义 $p_\theta(x \mid w)$ 为一个生成器，并用 REINFORCE 算法[162]优化该生成器，即最小化下式：

$$\mathcal{L}_{\text{DRL}}(\theta) = -\sum_{m=1}^{M} \mathbb{E}_{x \sim p_\theta(x \mid w^m)}(R'(x)) \quad (6-16)$$

仅以式（6-16）进行优化不够稳定。在缺少原始 MLE 监督信号的情况下，模型容易在训练过程中迷失并忽略对应的上文和输入，导致 MLE 损失的急剧增长，破坏模型稳定性。对此，我们采用两种手段缓解这一问题。首先是强制教学（Teacher Forcing）方法[163]。对每一个输入 w，我们对评分的期望 $\mathbb{E}(R'(x))$ 进行估计时，不仅使用 n_s 首从生成器采样的诗歌，也使用目标诗句 x^*，并设目标诗歌的总得分为 $\max(R'(x^*),0)$。该目标诗歌能为模型提供合适的评分和准确的梯度信号，引导模型在解空间中向目标诗歌靠近。第二种手段是结合 MLE 和 DRL 损失，具体如下：

$$\mathcal{L}(\theta) = (1-\beta)\mathcal{L}_{\mathrm{MLE}}(\theta) + \beta\widetilde{\mathcal{L}}_{\mathrm{DRL}}(\theta) \quad (6-17)$$

其中上标~表示 DRL 损失被重新缩放到与 MLE 损失相同的量级。我们先使用常规的 MLE 损失对基础模型进行预训练，随后用式（6-17）进行微调。

6.2.3 互强化学习

在上文中，我们介绍了基于单一生成器的强化学习算法 SRL。如 6.1 节所述，为了进一步提高模型性能，我们通过同时训练两个不同的生成器 p_{θ_1} 和 p_{θ_2}，来模拟人类写作教学中的相互学习行为。两个生成器充当两个学生，不仅向老师（评分器）进行学习，相互之间也会有借鉴和交流。

从机器学习的角度看，在强化学习过程中，为了估计式（6-16）中的期望值，我们需要从生成器中进行采样。受限于显存大小和采样耗时，单一生成器无法充分地对策略空间（解空间）进行探索，并且容易陷入局部极小值点。同时训练两个生成器相当于同时沿着两条不同的路径搜索解空间。一旦一个生成器找到了一条更优的路径（更高的评分器分数），它就可以与另一个生成器交流并引导它走向这条路径。这一过程也可以看作训练过程中不同生成器的集成（Ensemble），能够帮助模型加速对策略空间的搜索并且有效避免陷入局部最优值。

基于此，我们提出了**互强化学习**（Mutual Reinforcement Learning，MRL）算法，以下简称 MRL。具体而言，我们针对该思路设计了两种不同的变体方法，分别为**局部互强化学习**（Local MRL），简称 LMRL，以及**全局互强化学习**（Global MRL），简称 GMRL。下面将分别对这两种变体进行阐述。

1）**局部互强化学习（LMRL）**：LMRL 是一种基于单一实例的简单方法。对于相同的输入，我们设 x^1 和 x^2 分别是两个生成器 p_{θ_1} 和 p_{θ_2} 生成的两首诗。如果 $R(x^1) > R(x^2)(1+\delta_2)$ 并且 $\widetilde{R}_j(x^1) > \widetilde{R}_j(x^2)$ 对所有的 j 都成立，那么在式（6-16）中，p_{θ_2} 使用 x^1 而非 x^2 来更新自身参数，反之亦然。也就是说，如果一个生成器生成了一首显著更优的诗歌，那么另一个生成器应该从这首诗中进行学习，并用其更新自己的参数。这一过程能够为生成器提供评分更高的实例，同时允许生成器沿着更合适的方向探索更大的空间，从而逃离局部极小值。该方法可以类比为，在人类写作学习过程中，若某位学生写出了显著更好的作文，那么其他学生会将该文当作范文,学习其中的遣词造句来更新自己的知识储备和写作技巧。

算法 6.1　全局互强化学习算法

1：设两个生成器对应的历史得分记录表为 V_1 和 V_2,初始设为空；
2：**for** 总迭代次数 **do**
3：　从训练集中采样一组实例 $\{w^m, x^m\}$；
4：　**for** 每一个 w **do**
5：　　从第一个生成器中采样诗歌 $x^1 \sim p_{\theta_1}(x|w)$；
6：　　从第二个生成器中采样诗歌 $x^2 \sim p_{\theta_2}(x|w)$；
7：　　将 $R(x^1)$ 加入 V_1,$R(x^2)$ 加入 V_2；
8：　**end for**
9：　设 $\mathcal{L}_M(\theta_1) = \mathcal{L}(\theta_1), \mathcal{L}_M(\theta_2) = \mathcal{L}(\theta_2)$；
10：　分别计算 V_1 和 V_2 当前的均值,记为 $\overline{V}_1$ 和 $\overline{V}_2$；
11：　**if** $\overline{V}_2 > \overline{V}_1(1+\delta_3)$ **then**
12：　　$\mathcal{L}_M(\theta_1) = \mathcal{L}(\theta_1) + \text{KL}[p_{\theta_2}(x|w) \| p_{\theta_1}(x|w)]$；
13：　**else if** $\overline{V}_1 > \overline{V}_2(1+\delta_3)$ **then**
14：　　$\mathcal{L}_M(\theta_2) = \mathcal{L}(\theta_2) + \text{KL}[p_{\theta_1}(x|w) \| p_{\theta_2}(x|w)]$；
15：　**end if**
16：　以损失函数 $\mathcal{L}_M(\theta_1)$ 更新 θ_1,$\mathcal{L}_M(\theta_2)$ 更新 θ_2；
17：**end for**

2) **全局互强化学习（GMRL）**：在训练过程中,我们需要从生成器中随机采样得到诗歌。在训练尚未收敛时,生成的诗歌质量可能波动较大,因此基于单一实例的 LMRL 可能会导致较大的方差。相互学习不仅能针对单一实例,也可以应用于分布级别。我们可以通过最小化两个生成器输出分布

的 KL 散度，把某个生成器的分布拉向另一个生成器的分布。详细流程我们在算法 6.1 中进行了阐述。其中，两个生成器输出分布的 KL 散度，例如 $\mathrm{KL}[p_{\theta_2}(x\mid w) \| p_{\theta_1}(x\mid w)]$，可以展开如下：

$$\mathrm{KL}[p_{\theta_2}(x\mid w) \| p_{\theta_1}(x\mid w)] = \int p_{\theta_2}(x\mid w) \log \frac{p_{\theta_2}(x\mid w)}{p_{\theta_1}(x\mid w)} dx \tag{6-18}$$

从中可以看出，对于解空间中的某一采样点 x，若生成器 p_{θ_2}（位于分子上）概率较大，而 p_{θ_1}（位于分母上）概率较小，则会产生较大的 KL 值。最小化该值有利于让第一个生成器的分布向第二个生成器的分布靠近。因此在第二个生成器历史得分显著更高时，我们将该 KL 项加到第一个生成器的损失函数上进行优化。

GMRL 方法的内在思想是，如果学生 1 在整个学习过程中，总体而言能创作出更好的作品（更高的历史平均得分 $\overline{V}_1$），那么学生 2 应该直接向学生 1 进行学习，而不是只参考其某次创作出的作品本身。这一过程允许生成器从长期的历史过程和更高的层次进行学习和优化。

在实际训练中，我们将这两种方法同时结合使用，以此为模型同时提供高分样本和分布级别的优化，下文实验将表明这能带来最高的测试得分（参见图 6.3）。

6.3 实验及分析

6.3.1 实验设置

1) 数据集:我们的数据包含 117 392 首绝句(简记为 CQ)、10 000 首律诗(简记为 CVR)和 10 000 首词(简记为 CI)。绝句是目前诗歌生成任务中最受欢迎的体裁且在我们的数据集中占比最大,因此我们主要在绝句生成上进行实验,其余数据集则用于语言模型和上下文互信息模型的训练。我们随机选择 10% 的数据构成测试集,10% 构成验证集,剩余 80% 构成训练集。我们使用 TextRank[120] 从每首绝句中抽取 4 个关键词,然后使用 1~4 个关键词为每首诗分别构建 4 个 <w, x> 数据对,以增强模型处理不同数量关键词输入的能力。

2) 参数设置:对每个模型和评分器,我们设词嵌入向量和隐状态的维度分别为 256 和 512。式(6-5)中的上文信息向量大小为 512,式(6-4)中的卷积窗口大小 $d=3$。词嵌入矩阵用预先训练好的 word2vec[132] 向量初始化。激活函数主要使用 tanh。测试生成时采用 Beam Search(beam size = 20)进行解码。

此外,我们同时使用 CQ、CVR 和 CI 三个数据集训练语言模型 p_{lm} 和式(6-11)中的 Seq2Seq 模型 $p_{seq2seq}$。对互信息

预测器 $F(x_i)$ 和式（6-15）中的总得分预测器 $B(x)$，我们使用 CQ、CRV 和 120 000 首基础模型生成的诗歌进行训练。从 CQ 中，我们选取了 9 465 首名家名作，10 000 首普通诗人的诗作，加上 10 000 首基础模型生成的诗歌来训练式（6-13）中的分类器 p_{cl}。上述生成的诗歌，一半为 Beam Search 生成的，另一半为随机采样得到的，以适应训练（采样）和测试（Beam Search）时的不同情况。我们使用 Adam[121] 优化器进行优化。预训练基础模型时，批大小（batch size）设为 64，使用 DRL 微调时，设为 32。各超参数设置如下：$\delta_1 = 0.5$、$\delta_2 = 0.1$、$\delta_3 = 0.001$、$\alpha_1 = 0.25$、$\alpha_2 = 0.31$、$\alpha_3 = 0.14$、$\alpha_4 = 0.30$、$n_s = 4$ 以及 $\beta = 0.7$。

此外，我们的 MRL 方法的一个关键点在于需要赋予两个预训练的生成器一定的差异性，这样它们才能在 MRL 训练过程中，从策略空间中不同的起始点开始沿不同路径搜索。为实现这一点，我们对两个生成器采用不同的随机初始化，并对其中一个生成器进行更多轮（epoch）的预训练。

3）基线模型：除了我们的 **MRL** 模型[⊖]和 **Human**（ground-truth，即人类创作的诗歌）之外，我们主要对比 **Base**（6.2.1 节介绍的基础模型）以及 **Mem**[84] 模型。Mem 利用一个外部静态记忆网络存储一组优秀诗人的诗作，并在

⊖ 在下文中，若无特别说明，我们用 MRL 统一代表结合了 LMRL 和 GMRL 的模型。训练结束后，我们使用两个生成器中性能较好的一个参与后续评测。

生成过程对该记忆模块进行读取，读取的内容和基础模型的预测进行结合，以此将模型预测的高频分布拉向解空间中更具新颖性的区域。在进行本工作时，Mem 是在绝句生成任务上诗歌质量和新颖性均为最优（state-of-the-art）的模型。

4）评测指标：如 3.4 节所述，大部分现有工作采用 BLEU 或 PPL 作为自动评测指标。然而，如 6.1 节所讨论的，这些自动指标和人类的评测标准不相符。另一方面，本章主要致力于诗歌新颖性的提升。在追求新颖的同时，这些基于似然和匹配的指标势必会变差[84]。因此，本章采用如下指标进行自动评测。

评分器自动评分。我们直接用 6.2.2 节设计的 4 个自动评分器为生成的诗歌打分。这 4 个评分器是独立训练的，与具体待测试模型无关。此外，我们的评分器在设计上力求近似人类的客观评测指标，因此给出的分数在一定程度上能反映生成的诗歌在各个指标上的质量，同时也有助于定量对比不同配置下 MRL 的性能。

新颖性评分。本章的研究目标为增强生成诗歌的新颖性，以此来提升诗歌的文学表现力。为了定量地衡量诗歌的新颖性，我们使用 bigram 比例和 Jaccard 相似度两个指标。对 bigram 比例，我们对每个模型输入 N 组不同的关键词，并对应生成 N 首诗歌，然后计算这 N 首诗中互异的 bigram 数量占总 bigram 数量的比例。这一指标被相关工作广泛采用[160]，主要衡量模型生成新颖的词汇短语（而非不断重复少数高频字词）的能力。Jaccard 相似度[164]计算 N 首诗两两之间的相似性，如下：

$$\text{JS}(\{\boldsymbol{x}_k\}_{k=1}^{N}) = \frac{2}{N(N-1)} \sum_{j=1}^{N-1} \sum_{k=j+1}^{N} \frac{|S(\boldsymbol{x}^k) \cap S(\boldsymbol{x}^j)|}{|S(\boldsymbol{x}^k) \cup S(\boldsymbol{x}^j)|}$$

(6-19)

其中 $S(\boldsymbol{x}^k)$ 表示第 k 首诗歌中互异的 bigram 集合，$|\cdot|$ 表示集合大小。Jaccard 相似度主要考察在不同的关键词输入下模型生成足够有差异性的诗歌的能力，以此衡量模型在词汇短语使用上的丰富性。

人工评测。除了上述自动评价指标，我们也对诗歌的质量进行了人工评测。我们从测试集中随机选取 80 组关键词，并用每个模型进行生成。对于 Human，我们随机选择包含给定关键词的诗作。我们邀请了 12 位具备诗词专业知识的人士对这些诗歌，从**通顺性**、**上下文连贯性**、**有意义性**和**整体质量**四个方面，按 0~5 分进行打分。每首诗被三位随机评测者打分，最后取平均分。

6.3.2 实验结果

图 6.3a 给出了四个评分器的自动评分结果。可以看出在每一指标上，我们的 MRL 相比 Base 都取得了显著提升，并在总得分 R 上提升了近 31%。Mem 在大多数指标上都超过了 Base，除了新颖性（$\widetilde{R}_1$）。这主要是因为我们通过 TF-IDF 来近似新颖性。Mem 能够利用外部的记忆网络生成较多的新颖

词汇，但这些词汇中包含大量低频词甚至是未登录词，而我们训练得到的新颖性评分器倾向于给低频词较低的 TF-IDF 值。我们随后会展示 Mem 取得的 bigram 比例远高于 Base。同时也可以发现，相比 Base，MRL 在新颖性和整体质量两个指标上的提升最为显著。

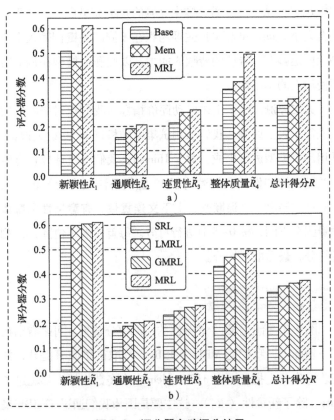

图 6.3 评分器自动评分结果

此外我们还测试对比了所提出的互强化学习的不同策略，即 SRL、LMRL、GMRL 和 MRL（LMRL 和 GMRL 的结合），结果如图 6.3b 所示。可以观察到，SRL 相比 Base 的提升较为有限（总得分 R 值增加了 14%），这是因为单一生成器在训练过程中很容易陷入局部最小值，从而分数不再增加。对比之下，我们的互强化学习方法，无论是 LMRL 还是 GMRL 都能带来进一步的提升，其中 GMRL 能将分数提升增加到 27%。同时结合了 LMRL 和 GMRL 的方法可以带来额外 4% 的提升。上述结果表明，我们提出的将人类评价指标建模这一显式的优化方法，比起基于似然的 MLE 更加有效，同时 MRL 相比 SRL 能取得更高的得分。

表 6.1 给出了新颖性自动评测的结果。Mem 模型得益于它专门为新颖性设计的记忆模块，取得了高达 18.4% 的 bigram 比例。然而，结合图 6.3a 中评分器 $\widetilde{R}_1$ 的结果可以发现，Mem 倾向于生成低频、语义混乱的词和短语（过于新颖），这在带来较高的 bigram 比例的同时也降低了 TF-IDF 值。我们的 MRL 在 bigram 比例上比 Base 高了 43%，十分接近 Mem。相比 Mem，我们的模型能够生成更多语义合理的新颖词汇（中频词），在新颖性和质量上取得了较好的平衡。在 Jaccard 相似度上，MRL 得到了最好的结果。这一方面归功于我们设计的新颖性评分器。另一方面，相关工作[160] 表明，互信息得分（$\widetilde{R}_3$）可以增强上文信息的影响，从而利用丰富的上文信息提升当前诗句的差异性和新颖性。此外从表 6.1 下半

部分可以观察到,我们的 MRL 方法相比 SRL 在新颖性上也有进一步的提升。GMRL 取得了最高的 bigram 比例(甚至高于 Mem),而将 GMRL 和 LMRL 结合则带来了更低的 Jaccard 分数,但是略微损害了 bigram 比例。尽管 MRL 取得了显著的新颖性提升,但相比人类诗作仍然有很大的差距。人类创作的诗歌往往包含着强烈的个人情感和丰富的经验,这些潜在的语义都极大地提升了诗歌的多样性,使得每一首人类创作的诗歌能够自然地与其他诗作区分开,甚至成为独一无二的作品。

表 6.1 新颖性自动评测结果。↑表示数值越高越好,↓表示越低越好。%表示表中数值是计算得到的原始数值乘以 100 后的结果

模型	bigram 比例↑(%)	Jaccard 相似度↓(%)
Base	12.6	2.14
Mem	**18.4**	1.83
MRL	18.1	**0.66**
Human	21.8	0.06
SRL	13.3	1.46
LMRL	17.8	0.85
GMRL	**18.6**	0.75
MRL	18.1	**0.66**

表 6.2 给出了人工评测的结果。可以看到,MRL 模型取得了比两个基线模型更好的结果。由于通顺性比较容易优化,在这一指标上,我们的方法十分接近人类诗人。此外,

在有意义性上，MRL 尽管显著优于基线模型，但与 Human 相比仍然差距巨大。因为有意义性是一个复杂的指标，涉及词语使用、话题、情感表达等多方面，由此可见自动生成的诗歌在未来仍有非常大的提升和优化空间。对比表 6.1 的结果，我们的 MRL 模型在提升新颖性的同时并未损害诗歌的质量。得益于我们所设计的针对各指标的评分器，生成的诗歌在质量上反而有一定的提升。

表 6.2　人工评测结果。上标 $*(p<0.01)$ 表示我们的 MRL 模型显著优于其他基线模型；上标 $+(p<0.01)$ 表示人类显著优于所有被比较的模型

模型	通顺性	连贯性	有意义性	整体质量
Base	3.28	2.77	2.63	2.58
Mem	3.23	2.88	2.68	2.68
MRL	4.05^*	3.81^*	3.68^*	3.60^*
Human	4.14	4.11^+	4.16^+	3.97^+

6.3.3　分析及实例

除上述定量评测之外，我们也进行了进一步的分析。下面将从生成诗歌的主题分布、高频字覆盖率、TF-IDF 分布、MRL 的学习曲线和实例观察 5 个方面对不同模型进行深入对比。

1）**主题分布**。我们在整个语料库上运行了 LDA[165] 模型（设主题为 20 个），并推断了每首生成诗歌的主题，然后

统计了各个模型在不同主题上的分布，如图 6.4a 所示。可以看到，Base 生成的诗歌集中在少数几个主题上。这再次证明了我们在 6.1 节中讨论的，基于 MLE 的模型倾向于记忆和生成语料中的常见模式，这严重限制了所生成的诗歌在用词、内容、意境等方面的新颖性。相比之下，人类诗作则分散在更多的主题之下，表现出足够的新颖性和差异性。经过我们的 MRL 方法的微调之后，主题分布显示出更好的多样性和平衡性，更加接近人类。

2) **高频字覆盖率**。图 6.4b 展示了不同模型生成的诗歌中高频字的覆盖率。如 6.1 节所提到的，大多数现有模型倾向于不断重复高频且无意义的字词。这导致所生成的诗歌中，少数高频字覆盖了大部分生成的内容。相比之下，我们提出的 MRL 方法显著增加了诗歌的新颖性，有效地缓解了高频字词的重复，促使对应的高频字累加频率曲线的增长更加平缓，更加接近人类诗作的水平。

3) **TF-IDF 分布**。图 6.5 展示了不同模型生成的诗歌的 TF-IDF 分布。可以看出，Base 模型对应的 TF-IDF 数值显著低于人类诗作。如 6.2.2 节所述，这也是我们使用 TF-IDF 作为其中一项自动评分的原因。此外，图 6.5 也表明我们的 MRL 能有效促使模型的 TF-IDF 分布向人类靠近，且 MRL 的效果比 SRL 更加明显。该观察充分表明，MRL 可以激励模型至少在字词使用的新颖性上更加接近人类创作者，而非不断重复生成那些高频且无意义的词汇和短语。

第6章 诗歌审美特征：新颖性增强

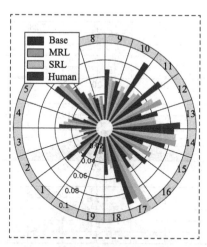

a）不同模型生成的诗歌的主题分布

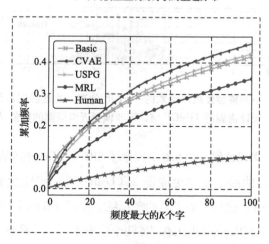

b）不同模型生成的诗歌中高频字的覆盖率

图 6.4　MRL 新颖性分析（见彩插）

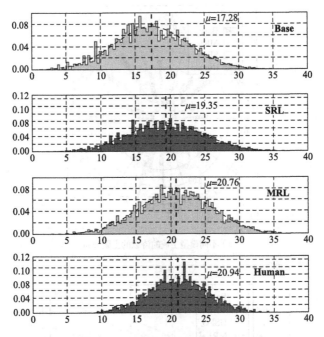

图 6.5 不同模型生成的诗歌的 TF-IDF 分布。此处我们展示真实统计得到的 TF-IDF 值，而非模型近似预测的数值 $\tilde{R}_1$

4）**学习曲线**。图 6.6 中显示了 SRL 和 MRL 在训练过程中的学习曲线。其中生成器 2（Learner 2）相比生成器 1（Learner 1）进行了更多轮的预训练。在图 6.6 的上半部分，我们采用 SRL 分别独立地训练两个生成器。可以看到，经过充分预训练的生成器 2 在整个训练过程中，总是比另一个生成器获得更高的总得分。同时随着训练步数的增加，二者之间的得分差距越来越大。此外,训练经过数百步迭代很快就收敛,得分不再增加,说明生成器陷入了局部最小值。这一过程可以类比为两个独自进行学习的学生,其中学生 2 的基础比学生 1 好。在缺乏交流的情况下,基础好的学生始终能获得更高的分数。在图 6.6 的下半部分,我们使用提出的 MRL 方法同时有交互地训练这两个生成器。可以观察到,虽然生成器 2 一开始得分较高,但随着有交互的训练不断进行,生成器 1 的分数不断向 2 靠近并最终反超。此外,训练

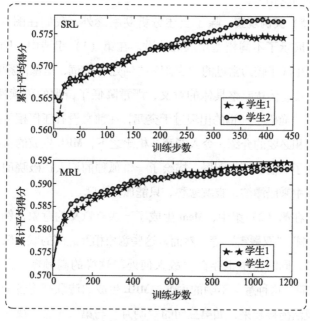

图 6.6 SRL 和 MRL 的学习曲线

可以进行更多的步数，最终的得分也在不断增加，显著超过 SRL 训练时的分数。这说明 MRL 方法有效避免了生成器陷入局部最小值，同时能够探索更大的策略空间，进而找到更优的搜索方向（更高的总体得分）。这一过程可类比为两个学生相互之间的交流学习。尽管基础好的学生 2 一开始分数较高，但随着学生 1 不断向其借鉴，取长补短，最终实现反超。整个学习（训练）过程呈现出两个学生之间相互借鉴、相互赶超、共同进步的景象，与人类的学习过程高度相似。

5) **实例观察**。除了上述分析观察之外，我们在图 6.7 中也展示了不同模型生成的诗歌。在第（1）组诗中，Base 模型生成了较为常见的"夕阳""何处"等词，这些高频的内容没有传达完整具体的意义，严重降低了诗歌的可读性。同时"渔矶"一词的出现过于突兀，在前文没有任何相关的描写和必要的介绍，令人费解。相比之下，MRL 生成的诗歌展现了一幅明晰的图景，描绘了一位孤独的旅人在破晓前的寒夜中乘船漂泊，寂寞悲愁，只能孤独入睡。

在第（2）组中，Mem 生成了一些有意义的意象，例如"梧桐""双鬓雪"等。然而，这些意象相互之间的联系较为松散，同时诗中也存在"故人何处"这样的高频短语以及"君期"这种意义不明的词汇。MRL 生成的诗歌则将各个意象灵活衔接起来，如第三句的"明月"与第二句的"夜"相一致，第三句的"霜露冷"、第四句的"入帘寒"则与第一

(1)	Base	山色侵衣袂，风声入翠微。夕阳明月上，何处是渔矶。
	MRL	山色 寒侵晓 ，溪声夜 扣舷 。小窗明月下，寂寞对床眠。
(2)	Mem	梧桐叶下凤凰枝，鸿雁南飞又一时。今夜月明双鬓雪，故人何处是君期。
	MRL	梧桐叶叶已凋残， 蟋蟀 无声 夜漏 阑 。明月满窗 霜露 冷，微风吹雨入帘寒。
(3)	Mem	三十年前事已非，敢言吾道岂无违。可怜万里归来晚，一片青山眼底飞。
	MRL	老去无心听 管弦 ，一杯 浊酒 已 醺然 。 诗 成 桦烛 灯前夜， 梦 到 西窗 月满船。
	Human	白鸟营营夜苦饥，不堪薰燎出窗扉。小虫与我同忧患，口腹驱来敢倦飞。

图 6.7 不同模型生成的诗歌对比。同一组中的诗歌以相同关键词作为输入。实线和虚线分别标出了无意义和令人费解的内容，方框标出了有实际语义且新颖的内容

句的"叶叶已凋残"相呼应，共同塑造了一幅晚秋萧瑟凄冷的景象。同时"蟋蟀""夜漏""霜露"等中频意象也较为新颖。

第（3）组中，Base 生成的诗歌几乎没有传达任何有意义的信息。该诗前两句似乎在谈论时光飞逝，心境变化，然而后两句与前两句没有任何明确关联。同时，"一片青山眼底飞"这样的描述也与前文缺乏衔接，较为生涩难懂。与之对比，MRL 生成的诗歌则完整且有意境地描写了一位老者的生活与心境，写出了老去时内心的疲惫，"无心听管弦"，只

能借酒消愁。点着蜡烛彻夜不眠，笔下诗成之后，心境豁然开朗，入睡后梦到了在月色中乘着小舟前行。同时，诗中的意象使用，如"管弦""浊酒""桦烛"等，也更加新颖且意象间的关联更为紧密。

从上述实例可以看出，我们提出的 MRL 模型不仅增强了词语意象使用上的新颖性，同时也进一步提升了整首诗的连贯性等整体质量。

6.4 本章小结

在本章中，我们关注诗歌文学表现力面临的挑战之三——新颖性。诗歌作为一种高度文学化、艺术化的文本，在一定程度上具有美学的本质[36]，而新颖性是其主要的审美特征之一。新颖有趣的诗歌能够显著增加自身的可读性，更好地吸引读者在阅读过程中的注意力，满足读者阅读时的审美需求。

针对这一挑战，本章提出了一个互强化学习（MRL）模型来解决现有基于 MLE 的模型倾向于重复生成高频无意义字词的问题。我们直接对 4 种人工评价指标——新颖性、通顺性、连贯性和整体质量进行量化建模，并设计了相应的自动评分器。这些评分器涵盖了语句级别和篇章级别的评价，与字词级别的 MLE 结合在一起，作为显式的激励引导强化学习的梯度更新。此外，受相关写作理论的启发，我们还提出了

第6章 诗歌审美特征：新颖性增强

一种全新的互强化学习模式，以进一步提高训练的效果。我们同时训练两个不同的生成器以模仿人类的诗歌写作教学活动。生成器不仅从评分器处获得监督信号，相互之间也会进行交流和学习。实验结果表明，我们的模型在提升诗歌质量的同时，显著强化了新颖性，达到了与目前新颖性最优的模型可比的水平。

第 7 章

诗歌审美特征：风格化实现

7.1 问题分析

本章关注诗歌又一重要的审美特征——风格化。如 1.4 节所述，风格是文学表现力的构成要素之一[34,42]，鲜明的风格色彩能够显著增强诗歌的感染力和可读性，进而提升用户在阅读过程中的审美体验。同时，为诗歌赋予多样的风格也是人类创作者特有的能力。人类诗人通过在诗歌创作中融入自身的思想、情感、思辨，从而形成属于每一位诗人独一无二的风格。风格化，即能够表现出鲜明可控且丰富多彩的风格特征，是迈向人性化 AI 的必经之路，也有助于构建在智能教育、文学研究、写作辅助等领域的下游应用。然而，现有诗歌生成模型大多采用端到端（End-to-End）的结构，即以用户主题词/标题为输入，以对应的古人诗作为目标直接进行训练，不考虑诗歌作为文学体裁理应具有的多样的风格。

为了控制生成的诗歌的风格，我们首先需要考虑何为风格。文学风格具有复杂的内涵和类别[166]，难以直接进行形式化建模。对这一问题，一个简单而直观的解决思路是将每一位诗人看作一种风格，如李白风格、杜甫风格等，直接以诗人为风格标签，对其创作的诗歌进行建模。现有的控制生成诗歌风格的模型大多采用这一思路[167-168]。

然而，这一做法存在两个缺点。

- **数据稀疏问题**：图 7.1a 列出了本工作所收集的诗库中不同诗人的存作数量。可以看到，少部分诗人留存诗作多达上千首，而大部分诗人存作只有百余首。几十数百首诗歌显然不足以充分训练一个神经网络模型。如果以诗人为风格标签，则诗歌在不同标签类别（诗人）上的分布是极度稀疏和不平衡的。这导致模型对风格的控制只能局限在少数几位诗人上，严重降低了模型的可扩展性，不利于下游应用的构建。

- **诗人风格多变**：同一诗人也会创作出风格完全不同的诗作，如图 7.1b 所示。例如，王昌龄的诗作既包含雄壮豪迈的《出塞》，也有温婉细腻的《青楼怨》。李清照在人生的不同时期（如少女时期、南渡之后）诗作的风格变化剧烈。如果以诗人为风格标签，则聚集在同一标签类别下的诗作不一定能体现出某种风格的共性，反而会成为模型训练的噪声。

诗人	本工作的诗库存作
杨万里	2 369
陆游	2 353
范成大	855
苏轼	784
白居易	769
王安石	630
文天祥	356
李商隐	230

a)

王昌龄
但使龙城飞将在,不教胡马度阴山。《出塞》
香帏风动花入楼,高调鸣筝缓夜愁。《青楼怨》

李清照
常记溪亭日暮,沉醉不知归路。 《如梦令》
生当作人杰,死亦为鬼雄。 《夏日绝句》
秋已尽,日犹长,仲宣怀远更凄凉《鹧鸪天》

b)

图 7.1 a) 不同诗人留存诗作数量;b) 同一诗人不同风格的诗作

基于上述缺点,本章提出的思路是,不直接建模每一位诗人,而是建模影响诗人风格形成的每一因素,我们将其称为**风格因素(style factor)** ⊖。相关文学理论表明,不同的外在因素都会影响诗人风格的形成,如诗人的人生经历、时

⊖ 本章工作以 "MixPoet: Diverse Poetry Generation via Learning Controllable Mixed Latent Space." 为题发表在 2020 年的国际学术会议 "The AAAI Conference on Artificial Intelligence (AAAI 2020)" 上。

代背景、文学流派、民族地域等[166,169-170]。这些因素导致了诗人在创作中思想、情感、表达方式等方面的差异,从而构成了每一位诗人几乎独一无二的风格。

图 7.2 展示了一个示例。同样具有军旅经历,面对外族的入侵和威胁,生活在朝政腐败、军事相对孱弱的南宋的陆游写下的是"塞上长城空自许,镜中衰鬓已先斑",表现出报国无路的悲愤与忧愁;相比之下,生活在大唐盛世的王昌龄写下的却是"黄沙百战穿金甲,不破楼兰终不还。"同样面对强大的外敌,经历了孤寂艰苦的戍边生活,但王昌龄表现出的却是截然不同的豪情壮志和对胜利的强烈信心。

受此启发,我们提出了一个新颖的基于**可控混合隐空间**(**controllable mixed latent space**)的方法,以下简称 **MixPoet** 模型,以此在生成的过程中赋予诗歌可控且鲜明的风格特征。我们直接对上述影响诗人风格形成的每一种风格因素进行建模,随后用不同因素的混合(mixture)来代表一种风格。例如,我们可以将李白的风格描述为"盛唐时期(时代背景)经历过仕途沉浮郁郁不得志(人生经历)的男性(性别)诗人所创作的浪漫主义(流派)诗作"的风格。这一做法有两个优点。一方面,我们不再考虑每位诗人,而是直接标注和建模每一种风格因素。这样聚集在每个标签(因素类别)下的诗作能显著增多,可以有效缓解数据稀疏问题。另一方面,因为我们关注的不再是诗人,而是考察每一首诗本身是否符合对应的风格因素类别,所以可以直接避免诗人风格不一致的问题。

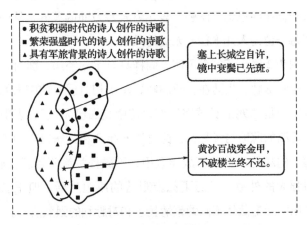

图 7.2　不同因素对诗人创作的影响示例

具体而言，我们基于变分自编码器（VAE）[87]在隐空间捕捉和构建上述风格因素。我们的 MixPoet 模型将隐空间解耦为不同的子空间，同时使每一个子空间依赖到一个风格因素上以混合不同因素对应的潜在属性。在训练阶段，MixPoet 可以基于少量的标注诗句进行半监督学习；在测试阶段，MixPoet 允许用户指定每种一种风格因素的取值从而控制诗歌的风格，也可以自动为用户输入的主题词预测合适的因素标签以赋予诗歌鲜明的风格色彩。

总结而言，本章工作有以下三点主要贡献：①据我们所知，在诗歌自动写作任务上，本章是首先提出风格因素的概念并通过风格因素的混合实现风格控制的工作。②我们创新性地提出了一种半监督的 MixPoet 模型，该模型能够有效地对风格隐空间进行解耦合并实现对每一个子空间的控制。③实验表明，我们的模型不仅能够有效控制生成诗歌的风格，还能在一定程度上提升诗歌的质量。

7.2 模型框架

在详细阐述本书提出的 MixPoet 模型之前，我们先对风格诗歌生成任务进行形式化定义。设 x 为一首包含 n 句诗句的诗，w 为用户输入的代表主题的关键词。假设共有 m 个不同的风格因素，定义为 $y_1, \cdots, y_m$，每个因素 y_i 有 k_i 个离散的类别取值（标签）。例如，"性别"这一因素可以有"男"或"女"两种离散取值。通过为每个因素指定不同的取值，我们可创造出 $\prod_{i=1}^{m} k_i$ 种不同的因素组合，而每一种组合就对应一种鲜明风格。使用的风格因素越多，每一种风格因素的类别越细致，一种组合就越有可能对应到历史上真实存在的某位诗人（例如 7.1 节中所描述的李白）。因为人工标注数据稀少，我们考虑同时利用无标注的诗歌语料进行半监督训练。为此，我们进一步定义 $p_l(x, w, y_1, y_2, \cdots, y_m)$ 和 $p_u(x, w)$ 分别为有标注和无标注数据上的经验分布。我们的目标是依据用户输入的关键词 w 以及输入或自动预测的风格标签，生成与风格标签相一致的诗歌。

7.2.1 半监督 CVAE 生成模型

在本部分，为了叙述简洁，我们基于单一的风格因素 y 进行描述，并在下一节将其扩展为多个风格因素。我们提出的 MixPoet 模型结构如图 7.3 所示，主体框架包含带 GRU 单元[129]的解码器和双向编码器[118]、一个识别网络和两个先验网络。

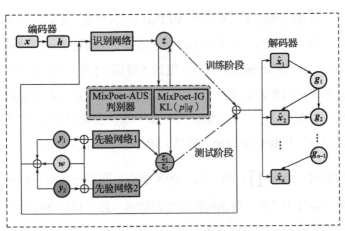

图 7.3 MixPoet 模型结构

定义 $s_{i,j}$ 为解码器隐状态，则待生成的每个字 $x_{i,j}$ 的概率分布计算如下：

$$s_{i,j} = \text{GRU}(s_{i,j-1}, [e(x_{i,j-1}); g_{i-1}]) \quad (7\text{-}1)$$

$$s_{i,0} = f(e(w)) \quad (7\text{-}2)$$

$$p(x_{i,j} \mid x_{i,<j}, x_{<i}, w) = \text{softmax}(f(s_{i,j})) \quad (7\text{-}3)$$

其中[;]表示向量拼接，$e(\cdot)$表示字词的嵌入向量，f是一个非线性变换层，g_{i-1}是一个上文向量，用于记录到目前为止在诗歌中生成的内容，为生成器提供全局信息用于保持上下文一致性，具体计算如下：

$$a_{i,t} = f([s_{i,t}; \cdots; s_{i,t+d-1}]) \tag{7-4}$$

$$g_i = f(g_{i-1}, \sum_t a_{i,t}), \quad g_0 = \mathbf{0} \tag{7-5}$$

其中 $\mathbf{0}$ 为全零向量，d 为卷积窗口大小。

上述公式定义了用于逐句生成一首诗歌的生成器，该生成器结构与6.2节中的基础模型基本一致。我们采用了较为简单的生成器，以便排除其他复杂设计的干扰，集中考察提出的风格因素混合的方法在风格控制上的性能。因为对每一首诗歌进行标注的成本较高，我们只标注了少部分诗歌，并采用一个半监督的条件变分自编码器（CVAE）在隐空间对风格因素涉及的属性进行捕捉和建模。

我们的目标是学习给定关键词时，诗歌 x 和风格因素 y 的联合分布，$p(x, y | w)$。为此，我们可以引入一个隐变量（latent variable）z 来表示风格隐空间，并得到 $p(x, y | w) = \int p(x, y, z | w) \mathrm{d}z$。对于该式进一步有不同的拆解形式。

大多数VAE相关的工作[171]都假设内容（例如诗歌 x）和风格属性（y）是相互独立的。然而，相关文学研究表明，诗歌的语义和风格是紧密耦合的[143]，因此我们不假设 x 与 y 相互独立，而是将隐空间解耦为不同的子空间，然后让

每一个子空间同时依赖风格因素 y 和关键词 w，以同时捕捉风格和内容主题。为此，我们将 $p(x,y|w)$ 写为：

$$p(x,y,z|w)=p(y|w)p(z|w,y)p(x|z,w,y) \quad (7-6)$$

式（7-6）同时也描述了 MixPoet 生成一首诗歌的流程：用户给定一个关键词 w 和风格因素标签 y；如果不指定标签，模型可以自动依据关键词进行预测（概率 $p(y|w)$）；主题及风格共同构建出隐空间 z（分布 $p(z|w,y)$），随后用以生成诗歌 x。此过程允许我们通过分别指定关键词和因素类别来控制生成诗歌的主题和风格。

随后，我们优化如下变分下界[88]：

$$\log p(x,y|w) \geq -\mathcal{L}(x,y,w)$$
$$= \mathbb{E}_{q_\phi(z|x,w,y)}[\log p_\psi(x|z,w,y)] -$$
$$\mathrm{KL}[q_\phi(z|x,w,y) \| p_\theta(z|w,y)] + \log p_\omega(y|w)$$
$$(7-7)$$

其中我们用两个神经网络 $p_\theta(z|w,y)$ 和 $q_\phi(z|x,w,y)$ 分别近似真实的先验分布 $p(z|w,y)$ 和后验分布 $q(z|x,w,y)$，θ 和 ϕ 分别代表对应的待训练参数集。这两个神经网络又被称为先验网络（Prior Network）和识别网络（Recognition Network）。

通过优化式（7-7），模型可以学到利用隐变量中包含的主题和风格信息重建诗歌 x，同时最小化后验分布和先验分布的 KL 散度。此外，该变分下界中天然地包含了一个分类

器 $p_\omega(y|w)$,在用户不指定任何风格因素标签时,它可以依据关键词自动预测一个合适的因素类别,其中 ω 表示分类器的参数。

由于标记的数据较为有限,无法很好地训练模型。因此,对于无标注的数据,参照半监督 VAE 的相关工作[88,172],我们将风格因素 y 看作另一个隐变量,并最大化如下变分下界:

$$\log p(x|w) \geq -\mathcal{V}(x,w)$$
$$= \mathbb{E}_{q_\omega(y|x,w)}[-\mathcal{L}(x,y,w)] + \mathcal{H}(q_\omega(y|x,w))$$

(7-8)

其中 $\mathcal{H}$ 表示信息熵,此外另一个分类器 $q_\omega(y|x,w)$ 也会被同时优化。在训练过程中,我们可以通过 Gumbel-softmax[130] 从该分类器中进行采样,为无标注的数据预测合适的风格标签。最终的半监督损失函数如下:

$$\mathcal{L} = \mathbb{E}_{p_l(x,w,y)}[\mathcal{L}(x,y,w) - \alpha\log q_\omega(y|x,w)] + \beta\mathbb{E}_{p_u(x,w)}[\mathcal{V}(x,w)]$$

(7-9)

其中 α 和 β 为调节有监督和无监督损失的超参数。我们用有标注的数据训练分类器 $q_\omega(y|x,w)$,该分类器又为无标注数据预测标签,以此不断迭代实现半监督训练。

具体而言,我们将整首诗 x 作为一个长序列,并将其输入到一个双向 GRU 编码器中,然后我们将尾字的前向和后向隐状态拼接起来,得到诗歌 x 的向量表示 h。分类器则用简单的多层感知器（MLP）实现，即 $p_\omega(y \mid w) = \text{softmax}(\text{MLP}(e(w)))$，$q_\omega(y \mid x, w) = \text{softmax}(\text{MLP}(e(w), h))$。此外，我们称式（7-7）中的 $p_\psi(x \mid z, w, y)$ 为解码器（参数集为 ψ），即我们在式（7-1）~式（7-5）中定义的结构。不同之处在于，我们用 $s_{i,0} = f(e(w), z, e(y))$ 代替式（7-2）作为解码器隐状态的初始化，以此融合隐变量及其中的主题和风格因素信息。

7.2.2 隐空间解耦及混合

上述公式中我们只关注了单一的风格因素 y，而 MixPoet 的核心在于混合不同的风格因素。为了引入 m 个因素，我们可以假设隐空间能够解耦分成不同的子空间，即 $z = [z_1; \cdots; z_m]$，其中每个 z_k 代表对应子空间的隐变量，$[;]$ 表示向量拼接。不失一般性地，下面我们将给出 $m=2$ 时的形式化描述。

我们可以进一步假设各个风格因素是相互独立的，例如，性别这一因素显然与时代背景无关[⊖]，同时假设各个子空间对关键词 w 是条件独立的。在这些假设下，我们可以得到如下分解：

⊖ 这一假设并不总是成立，例如，人生经历与性别有关。在本章工作中为了便于计算，我们简单地做此假设。对因素之间相互依赖的复杂建模，我们留待未来工作进行。

$$p(z|w,y)=p(z_1|w,y_1)p(z_2|w,y_2) \quad (7\text{-}10)$$

相应地，我们需要将式（7-7）和式（7-8）中的因素预测器替换为 $p_\omega(y_1|w)$、$q_\omega(y_2|w)$、$q_\omega(y_1|x,w)$ 和 $p_\omega(y_2|x,w)$，以实现对不同风格因素的分别预测。

通过这一解耦合，我们可以从不同因素对应的子空间中相互独立地采样 z_1 和 z_2 以构成混合了不同风格因素属性的隐空间。我们提出了两种具体方法来实现上述解耦合和因素混合，下面将分别进行介绍。

1）各向同性高斯空间混合（Mixture for Isotropic Gaussian Space）。第一种方法为各向同性高斯空间混合，以下简称为 **MixPoet-IG**。同大部分使用 VAE 的相关工作一致[86-88]，我们可以简单地假设隐变量 z 服从各向同性高斯分布。在这一分布下，隐变量的各个维度相互独立，因此我们可以对式（7-7）中的 KL 散度进行如下拆解：

$$\begin{aligned}&\mathrm{KL}[q_\phi(z|x,w,y)\|p_\theta(z|w,y)]\\=&\mathrm{KL}[q_\phi(z_1|x,w,y_1)\|p_\theta(z_1|w,y_1)]+\\&\mathrm{KL}[q_\phi(z_2|x,w,y_2)\|p_\theta(z_2|w,y_2)]\end{aligned} \quad (7\text{-}11)$$

由高斯分布的性质易知，当 z 服从各向同性的高斯分布时，拆解后的 z_1 和 z_2 也同样服从各向同性高斯分布。因此，我们可以分别实现每一个子空间对应的先验网络：

$$z_1 \sim \mathcal{N}(\boldsymbol{\mu}_1, \sigma_1^2 I), \quad [\boldsymbol{\mu}_1; \log \sigma_1^2] = \mathrm{MLP}(e(w), e(y_1))$$

$$(7\text{-}12)$$

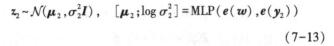

$$(7\text{-}13)$$

对于后验网络,我们采用类似的 MLP 实现。基于上述拆解,我们可以解析地优化每一个子空间对应的 KL 项,随后使用重参数化技巧(Reparametrization Trick)[87] 对每一个 z_k 进行采样,然后通过优化式(7-9)来训练整个模型。

2)**通用空间对抗混合(Adversarial Mixture for Universal Space)**。第二种方法为通用空间对抗混合,以下简称为 **MixPoet-AUS**。假设隐变量服从各向同性的高斯分布可以使得 KL 散度具有解析式,从而能够直接进行优化。然而,这一分布被证明表征能力较弱,无法学习到更加复杂的隐空间表示[146,173]。实际上,假设隐变量各个维度独立,除了计算简便外,最大的优点在于它允许独立地对每一维度进行控制[92]。然而,对我们的任务来说,若对每一个因素分配 z 中较少的维度(例如 4 维或 8 维),则不足以表征风格因素这一复杂的概念;若分配足够的维度(本章中使用 128 维),则不具备手动设置每一维度取值的可操作性。因此,我们将 z 进行解耦,并保持 z_1 和 z_2 的独立性。但在每个子空间内部,我们不对其维度的独立性做任何假设,而是期望模型依实际需要自动进行学习。这样我们可以通过设置不同的因素标签来实现对隐空间混合属性的控制,进而控制生成诗歌的风格;同时每个子空间又可以学到具有足够表征能力和区分度的表示，以建模风格影响因素这一复杂的概念，并捕捉每个因素潜在的风格性质和特征。

为了实现上述要求，我们不对隐空间的具体分布和形式做任何具体设置，而是使用一个全局近似器（Universal Approximator）[174]来学习所需要的任意复杂的形式。具体而言，对一个条件概率分布$q(z|c)$，其中c为条件，我们引入另一个服从简单分布的随机变量η，并有如下公式：

$$q(z|c) = \int q(z|c,\eta) p(\eta) \mathrm{d}\eta \quad (7\text{-}14)$$

$$q(z|c,\eta) = \delta(z\text{-}f(c,\eta)) \quad (7\text{-}15)$$

其中δ为冲激函数，η服从某个简单分布，例如$\eta \sim \mathcal{N}(\mathbf{0},\mathbf{1})$，$f$为非线性变换，我们采用一个MLP进行实现。将条件$c$替换为某些具体的变量，如式（7-11）中的$w$、$y_1$，然后采样一个$\eta$，通过式（7-15）即可将其变换为一个服从复杂分布的隐变量（如z_1）的采样值。模型在训练过程中可以从数据中学到合适的变换f，并自主决定每个隐空间维度的耦合性，以增强空间的风格区分度和表征能力。

然而，上述方法会使得KL散度不再具有解析形式，无法直接优化。对此，我们采用密度比损失（density ratio loss）[175]来对KL散度进行近似，如下：

$$\text{KL}[q_\phi(z\mid x,w,y_1,y_2)\|p_\theta(z_1\mid w,y_1)p_\theta(z_2\mid w,y_2)]$$

$$=\mathbb{E}_{q_\phi(z\mid x,w,y_1,y_2)}\left[\log\frac{q_\phi(z\mid x,w,y_1,y_2)}{p_\theta(z_1\mid w,y_1)p_\theta(z_2\mid w,y_2)}\right]$$

$$\approx\mathbb{E}_{q_\phi(z\mid x,w,y_1,y_2)}\left[\log\frac{C_v(z,y_1,y_2)}{1-C_v([z_1;z_2],y_1,y_2)}\right]$$

$$(7-16)$$

其中 C_v 是一个隐变量判别器(latent discriminator),v 为判别器的参数。该判别器用于区分隐变量取值是来自后验分布,还是来自两个相互独立的风格因素先验分布。

然后,我们可以用对抗训练(adversarial training)[90]来最小化这一密度比损失,从而近似地将 KL 散度优化到接近 0[176-177]。具体地,我们用下式优化判别器:

$$\max_v \mathbb{E}_{p_\theta(z_1\mid w,y_1)p_\theta(z_2\mid w,y_2)}[\log(1-C_v([z_1;z_2],y_1,y_2))]+$$
$$\mathbb{E}_{q_\phi(z\mid x,w,y_1,y_2)}[\log C_v(z,y_1,y_2)] \qquad (7-17)$$

然后交替地用下式训练识别网络和先验网络:

$$\max_{\phi,\theta} \mathbb{E}_{q_\theta(z_1\mid w,y_1)q_\theta(z_2\mid w,y_2)}[\log C_v([z_1;z_2],y_1,y_2)]-$$
$$\mathbb{E}_{q_\phi(z\mid x,w,y_1,y_2)}[\log C_v(z,y_1,y_2)] \qquad (7-18)$$

这一对抗训练过程可以看作标准的生成式对抗网络(GAN)[90]的训练,其中先验网络可以看作生成隐变量采样值的"生成器",从识别网络中采样得到的隐变量值可以看作"真实样本"。当训练收敛时,判别器无法区分 z 来自先验还是后验,即 $C_v\approx0.5$,则式(7-16)近似被优化到接近

0。完整的训练流程如算法 7.1 所示。在实验部分，我们将表明相比 MixPoet-IG，MixPoet-AUS 能够学到更加具有风格区分度的隐空间，从而取得更高的风格控制准确率。

算法 7.1　MixPoet-AUS 训练算法

1：**for** 总迭代训练次数 **do**
2：　　从有标注数据集中采样一组数据 $\{x, w, y_1, y_2\}$；
3：　　采样一组无标注数据 $\{x, w\}$，同时从分类器中采样对应的预测类别 $y_1 \sim q_\omega(y_1 \mid x, w)$，$y_2 \sim q_\omega(y_2 \mid x, w)$ 作为无标注数据的标签；
4：　　从后验分布中采样一个隐变量值 z，并依式 (7-15) 从每个先验分布中采样隐变量的值 z_1、z_2；
5：　　依式 (7-9) 训练四个分类器 (ω)、识别网络 (ϕ) 和解码器 (ψ)；
6：　　依式 (7-17) 训练判别器 (v)；
7：　　依式 (7-18) 对抗地训练识别网络 (ϕ) 和先验网络 (θ)；
8：**end for**

7.3　实验及分析

7.3.1　实验设置

1）数据集。受限于标注的人力，本章主要在相关文学理论涉及的两个典型因素上进行实验，分别是**人生经历**（life experience）[169] 与**时代背景**（historical back-ground）[170]。其中，我们将人生经历分为三个离散的类别——军旅生涯（military career）、乡村生活（countryside life）、其他（others）；将时代背景分为两个类别——盛世（prosperous times）和乱世（troubled times）。通过混合这些风格因素，我们可以得到 3×2=6 种不同的风格。具体类别及对应缩写见表 7.1。

表 7.1　风格因素类别及对应简写

风格因素	类别	缩写
人生经历	军旅生涯	MC
	乡村生活	CL
	其他	Others
时代背景	盛世	PT
	乱世	TT

我们主要在绝句的生成上进行实验，并构建了一个有标注的语料库，称为中文绝句因素语料（Chinese Quatrain Corpus with Factors，CQCF），共收录 49 451 首绝句，每首至少在上述其中一个因素上有标注。CQCF 数据集的详细统计见表 7.2。除此之外，我们还构建了一个包含 117 392 首绝句的中文绝句语料库（Chinese Quatrain Corpus，CQC）用于半监督训练。对于 CQC，我们分别随机选取 4 500 首诗进行验证和测试，其余的用于训练。对于 CQCF，我们使用 5% 的数据进行验证，5% 的数据进行测试。测试集和验证集依照各类别标签上的数量分布按比例随机选取。

我们使用 TextRank[120] 从每首诗中抽取关键词，以构建无标注训练数据对<关键词，绝句>和有标注训练数据三元组<关键词，绝句，因素标签>。

表 7.2　CQCF 数据集统计，UNK 表示对应的类别未知

数量	MC	CL	Others	UNK	总计
PT	799	608	675	9 052	11 134
TT	1 481	977	1 122	8 993	12 573
UNK	8 547	9 543	7 654	—	25 744
总计	10 827	11 128	9 451	18 045	49 451

2）参数设置。我们将隐状态、上文向量、隐变量、字嵌入向量和风格因素嵌入向量的维度分别设置为 512、512、256、256 和 64。对于判别器和先验网络，激活函数是 leaky ReLU，对于其他网络，激活函数是 tanh。式（7-4）中 $d=3$，式（7-9）中 $\alpha=\beta=1$。我们使用 Adam[121] 优化器进行优化，批大小（batch size）为 128。为了避免过拟合，我们还采用了 dropout[133] 以及 l_2 正则化约束。对于 MixPoet-AUS，每次更新其他部分后，我们连续训练更新判别器 5 次。我们首先使用 CQC 和 CQCF 对模型进行预训练，然后仅使用 CQCF 对其进行微调。在测试中，我们采用 Beam Search（beam size=20）进行生成。为了公平起见，所有基线模型都使用相同的配置。

此外，对于 MixPoet-IG，为了缓解 VAE 模型中常见的

KL散度消失问题,除了KL退火(annealing)技巧[178]之外,我们还在式(7-9)中增加了一项BOW损失[179]以迫使模型在隐变量z中融合更多的诗句整体信息。对MixPoet-AUS,因为判别器是对抗训练的关键,我们采用了一个有效的映射判别器[180],并分别在判别器和先验分布上应用谱归一化[154]和条件批归一化[181],以进一步稳定训练过程。

3)基线模型。在风格控制准确率上,我们主要对比了**fBasic**[167]。该模型是一个全监督的风格诗歌生成器,虽然结构较为简单,但是代表了一类典型的有监督风格控制的范式。除风格控制之外,在诗歌质量上,我们也和若干个效果较好的诗歌生成模型进行对比,以验证我们的方法在控制风格的同时并未损害诗歌质量。在质量评测上,我们主要考虑㊀:**Human**——人类创作的诗歌;**Basic**——7.2.1节描述的简单解码器,也是MixPoet的基础生成器;**CVAE**[86]——采用LSTM和反卷积层混合解码器的条件VAE诗歌生成模型;**USPG**[93]——基于互信息的诗歌生成模型。

4)评测指标。本章关注的重点是对生成的诗歌进行风格控制,因此我们同时采用自动评测和人工评测来评估控制准确率。由于MixPoet将每种风格解释为不同因素类别的组合,每一种风格没有单一的标签,因此我们在给定上述6种

㊀ 为了集中对比风格控制的性能,本章中我们采用了单一关键词输入。为公平比较,我们移除了CVAE和fBasic中的关键词扩展模块。

组合后，分别测试生成的诗歌是否符合对应的因素标签。对自动评测，我们用每个模型，以不同的关键词和因素混合生成了 4 000 首诗。随后用 CQCF 训练了一个半监督分类器[161] ⊖，并用这一分类器给出的每一首诗在对应因素类别上的概率作为准确率。对人工评测，我们用每种因素混合生成了 20 首诗，并邀请 3 位专业人士对每首诗在每一个因素上的类别进行识别。

对诗歌质量，我们直接进行人工评测，从**通顺性**、**上下文连贯性**、**有意义性**、**诗意**、**整体质量** 5 个方面按 0~5 分打分。我们用 MixPoet-AUS 进行人工评测，在下文的实验分析中，若不加以区分说明，则以 MixPoet 统一指代 MixPoet-AUS。然后对每个模型，我们用随机选择的不同关键词生成 40 首绝句（20 个关键词，分别生成五言七言各一首）。对于 Human，我们选择包含相应关键词的诗。因此，我们总共得到 200 首诗（40×5）。随后我们邀请 10 位专家进行盲评。每首诗随机分配给两位专家，最后取平均分，以减少个人的主观偏向。

7.3.2 实验结果

风格控制准确率如图 7.4 所示。可以看到，完全监督训练的 fBasic 性能最差，尽管我们用无监督的数据对其做了预

⊖ 该分类器在两个风格因素上分别取得 0.87 和 0.74 的 Macro-F1 值。

训练，但该模型依然无法较好地学习到每个因素标签对应的潜在风格属性。得益于半监督的结构，我们的模型相比 fBasic 取得了显著提升。在这两个风格因素上，分别有超过 80% 和 60% 的诗歌能符合指定的因素类别。此外，我们也可以发现在"人生经历"这一因素上的控制效果比"时代背景"更好。为了便于标注，我们将人生经历的类别简单地设为特征较为明确的三类，这些特征可以对应到边塞诗等题材，常常被用于区分诗歌的风格[84]。相比之下，时代背景则有更多的内涵，涉及了情感、主题、思想、表达手法、写作形式等不同的层面[166]，因而控制也更难。值得一提的是，上述 MixPoet 的准确率是在同时控制两个类别时取得的，即我们汇报的是在某一种人生经历类别的限制下，同一首诗满足指定的时代背景类别的准确率。fBasic 因为不支持同时控制多个标签，所以我们独立地使用每一个因素的数据进行训练和测试。尽管如此，MixPoet 仍然显著优于 fBasic。总体而言，虽然与 Human 相比还有一定差距，但是一首由 MixPoet 生成的诗确实能在某种程度上同时表现出多个风格因素的混合性质。

表 7.3 展示了诗歌质量的人工评测结果。可以看到，MixPoet 相比其他模型，质量上也得到了显著改进。USPG 只比 Basic 略好，因为该模型采用了非常简单的结构，甚至没有任何针对上下文连贯性的设计，这严重限制了它的性能。CVAE 在很大程度上依赖多关键词。对于单关键词输入，该

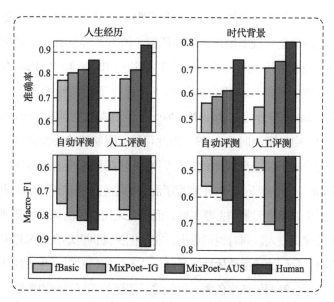

图 7.4 风格控制准确率。我们同时汇报了准确率和 Macro-F1 值

模型较难产生语义丰富的内容,而我们的模型可以通过混合的隐空间来进一步增加语义丰富性。此外,如第 6 章所讨论的,基线模型倾向于生成重复和无意义的高频字词与短语,这严重损害了诗歌的意境。相比之下,我们的模型通过风格化显著增强了整首诗的意境,同时统一的风格也促使诗歌保持了较好的上下文关联性和整体性。因此,MixPoet 在连贯性、有意义性和诗意等指标上的提升最为明显。这充分表明鲜明的风格特征不仅能改善用户阅读时的审美体验,对诗歌本身的质量也能起到一定的提升作用。

另外值得注意的是，当被强行限制在某种风格上时，生成的诗歌会有偏离用户主题的风险，因为并非所有的主题都与每种风格相兼容。为此，我们单独对 fBasic 和 MixPoet 在手动指定不同风格组合的情况下，进行了扣题性的人工评测。fBasic 得分为 2.36，MixPoet 在手动指定因素混合时为 2.92，自动预测时为 3.39。由此可见，限制风格确实会造成扣题性的下降。尽管如此，我们的模型在扣题性上依然优于 fBasic，这得益于 MixPoet 利用了混合的隐空间来捕捉和学习更加泛化的风格因素和主题属性，而不是采用简单的风格标签或者关键词嵌入。同时也可看出，在依据关键词自动预测风格混合时，我们的模型整体性能最强。这不仅能自动赋予生成的诗歌合适且鲜明的风格色彩，也能进一步提升不同层面的质量。

表7.3 诗歌质量人工评测结果。MixPoet 自动为每个关键词预测最合适的风格标签组合。上标 ∗∗（$p<0.01$）表示 MixPoet 模型显著优于其他基线模型；上标+（$p<0.05$）和上标++（$p<0.01$）表示 Human 显著超过所有模型。不同评测者之间的二次加权 Kappa 系数（Quadratic Weighted Kappa）为 0.67，表明评测一致性是能够接受的

模型	通顺性	连贯性	有意义性	诗意	整体质量
Basic	3.00	2.54	2.30	2.71	2.35
USPG	3.09	2.65	2.61	2.98	2.63
CVAE	3.34	2.78	2.64	3.13	2.81
MixPoet	4.18∗∗	4.10∗∗	3.75∗∗	4.10∗∗	3.98∗∗
Human	4.25	4.36+	4.19++	4.20	4.25+

7.3.3 分析及实例

除上述定量评测之外，我们也从隐空间可视化、隐空间分布距离、诗歌分布可视化、风格标签预测器效果、MixPoet诗歌实例5方面进行进一步的分析和观察。

1) **隐空间可视化**：对 MixPoet-IG 和 MixPoet-AUS，我们分别从每个风格因素混合（共6个混合）对应的先验子空间（输入的关键词为春风）中采样一组隐变量值，并用 t-SNE[182] 降维至二维后进行可视化绘制。如图 7.5a 所示，MixPoet-IG 的不同子空间几乎重叠在一起，即学到的隐空间风格表示不具备足够的区分度。这也是图 7.4 中 MixPoet-IG 风格控制准确率较低的原因之一。相比之下，MixPoet-AUS 学到的隐空间区分度更好，不同子空间相互分隔明显。同时，具有某一因素类别重合的空间相互距离更近，例如绿色（CL&PT）和蓝色（CL&TT）的采样点更加接近，因为它们在人生经历这一因素上类别相同，而在时代背景上类别不同。这说明我们提出的 MixPoet-AUS 模型能够学到风格区分度和表征能力更强的隐空间表示，从而进一步提升风格控制的准确率。

2) **隐空间分布距离**：除上述定性观察之外，我们也定量地考察了不同因素混合对应的分布之间的差异性。具体而言，我们使用马氏距离（Mahalanobis Distance）⊖计算属于上

⊖ https://en.wikipedia.org/wiki/Mahalanobis_distance。

述 6 个因素混合（例如 MC & PT、CL & TT 等）的隐变量采样点之间的距离。给定两个采样点集合 A_1 和 A_2，我们计算它们之间的平均距离如下：

$$M(A_1, A_2) = \frac{1}{N_1} \sum_{x \in A_1} \sqrt{(x - \mu_2)^T S_2^{-1} (x - \mu_2)} + \frac{1}{N_2} \sum_{x \in A_2} \sqrt{(x - \mu_1)^T S_1^{-1} (x - \mu_1)} \quad (7\text{-}19)$$

其中 μ_1 和 S_1 分别是 A_1 中采样点的均值向量和协方差矩阵；μ_2 和 S_2 则是 A_2 中采样点的均值向量和协方差矩阵；N_1 和 N_2 分别表示两个集合的大小。随后我们计算 6 个因素混合对应的集合两两之间的马氏距离平均值：

$$\overline{M} = \frac{2}{N(N-1)} \sum_{1 \leq i, j \leq N, i \neq j} M(A_i, A_j) \quad (7\text{-}20)$$

其中 N 为因素混合的数量，在本章中 $N=6$。

我们测试了 2 000 个不同的关键词。对每一个关键词 w，我们从每一个混合因素对应的先验隐空间中采样 1 000 个点进行计算。对 MixPoet-IG，$\overline{M} = 18.67$；对 MixPoet-AUS，$\overline{M} = 49.42$。这一结果说明 MixPoet-AUS 学到的隐空间表征能力更强，促进了不同因素混合之间的区分度增大，与图 7.5a 中的定性观察结果一致。

3) **诗歌分布可视化**：我们分别随机选取了一组人生经历类别为 MC 和时代背景类别为 PT 的人类诗作，并用 Mix-Poet 生成了一组融合了两个因素类别（MC & PT）的诗歌。

随后我们用一个预训练的神经网络语言模型得到每首诗的向量表示,并进行降维和可视化,绘制在图 7.5b 中。可以看到,人类的诗歌在空间中分布于两个不同的区域,而我们的 MixPoet 模型生成的诗歌覆盖并连接了这两个区域。这表明我们的模型不仅能在隐空间进行风格因素的混合,也在实际生成的诗歌文本上成功实现了不同风格因素属性的混合。

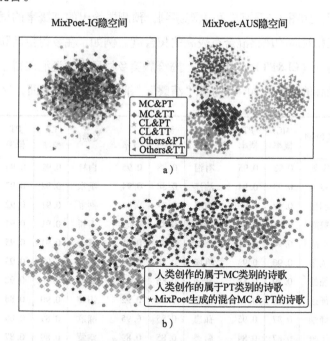

图 7.5 a) MixPoet-IG 和 MixPoet-AUS 的隐空间可视化;
b) MixPoet 生成的诗歌和人类诗作的分布可视化。
各简写对应的因素类别详见表 7.1(见彩插)

4) **风格标签预测器效果**：我们的模型中自然地包含了一个风格标签预测器 $p_\omega(y|w)$（式 (7-7)），能够在用户不提供因素标签时也依据关键词自动预测一个合适的风格标签混合。表 7.3 中的结果表明，当进行自动预测时，MixPoet 生成的诗歌既能表现出鲜明的风格特征又能维持较高的质量。为了进一步观察该分类器的预测效果，我们输入了 4 000 个不同的关键词，并列出了在每个因素类别上取得最高概率的词，如图 7.6 所示。可以观察到，预测器给出的高概率的词汇和对应的风格混合有较高的契合度。例如，在乡村生活和盛世（CL&PT）的组合下，描绘静美乡村风光的词汇取得了最高的概率，如"石桥""清磬""清幽"等。一方面，这

关键词	MC 概率	PT 概率	关键词	MC 概率	TT 概率	关键词	CL 概率	PT 概率
宝剑	0.93	0.95	有泪	0.88	0.95	白社	0.92	0.93
骏马	0.93	0.94	沾襟	0.88	0.94	涧水	0.92	0.93
羽檄	0.92	0.93	清泪	0.87	0.94	荆扉	0.91	0.92
鼙鼓	0.91	0.90	遗民	0.87	0.95	石桥	0.91	0.94
百战	0.90	0.91	招魂	0.86	0.95	清磬	0.91	0.95
咸阳	0.90	0.93	雉堞	0.86	0.94	欲迷	0.90	0.93
笳鼓	0.89	0.88	酸辛	0.86	0.95	清幽	0.90	0.92
征途	0.88	0.94	薄命	0.86	0.92	田畴	0.90	0.88
烽烟	0.87	0.95	孤忠	0.85	0.95	啸歌	0.89	0.89
千骑	0.87	0.84	敝裘	0.85	0.89	空蒙	0.89	0.87

图 7.6 在每一个因素混合上取得分类器 $p_\omega(y|w)$ 最高预测概率的关键词

一观察证明了我们模型中分类器的有效性,表明分类器能够成功为关键词预测合适的类别标签。另一方面,也可以发现因素混合所定义的风格实际上是通过具体的内容(例如意象的使用、景物的描写等)来表达的,这也支撑了我们在7.2.1 节所讨论的,风格和语义是紧密耦合的观点。

5) **MixPoet 诗歌实例**:除了上述分析观察之外,我们也用 MixPoet 生成了不同风格因素对应的诗歌,具体实例如图 7.7 所示。可以看到,风格因素混合为 MC & PT 的诗图 7.7a 通过"胡沙""关河""将军"等意象体现出了军旅生涯对应的风格特征,同时以"马蹄骄""壮气""不负汉家朝"等描写表现出一种盛世军人特有的英雄主义气概和必胜的信心,展现出几分王昌龄诗歌的神韵。相反,以因素混合 MC & TT 生成的诗图 7.7b 则描绘出一幅凋敝荒凉的景象。尽管仍有很多表现军旅边疆的意象,如"胡马""烽烟""鼓角"等,但这些意象共同营造了外敌大举进犯,战事紧急的氛围。同时"泪""悲凉"等内容也表现出悲愁孤寂的情绪。此外,有趣的是,MixPoet 还在诗中生成了"胡马南来"的表述。因为在古代中国,强大的外族往往居于北方,而一些弱小的王朝(例如南宋)受到侵略后,往往迁都南方,而流离失所的百姓通常也一同南下。因此外族入侵和百姓逃避战乱的方向都是南方,这正好契合了生成的"胡马南来"。

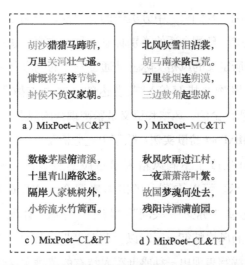

图 7.7 MixPoet 生成的混合了不同风格因素的诗歌。符合不同因素类别的词汇和短语分别用不同颜色进行了标记（见彩插）

  诗图 7.7c 和诗图 7.7d 则分别以 CL & PT 和 CL & TT 为因素混合进行生成。可以看到，两首诗都描绘了乡村景致，如"茅屋""竹篱""江村"等，但展现出的意境和思想却不尽相同。在盛世背景下的诗图 7.7c 是一首写景的小品，表现出静美清幽的乡村生活；而在乱世背景下的诗图 7.7d 不只写景，更重抒情，通过描绘灰暗萧条的景物，借景抒情，表达了对故国的眷恋和国破的愁苦。

  从上述实例可看出，MixPoet 为生成的诗歌赋予了可控且鲜明的风格色彩，并通过风格化呈现出更加多样的情感、思想和意境，从而在保证诗歌质量的同时，进一步提升了诗歌的可读性和文学表现力。

7.4 本章小结

在本章中，我们重点解决文学表现力面临的挑战之四——风格化。风格是文学表现力的重要构成要素之一，鲜明的风格色彩能够显著增加诗歌的感染力和可读性，进而提升用户在阅读过程中的审美体验。然而，现有的诗歌生成模型或未考虑诗歌的风格，或直接采用简单的全监督训练方法，效果有限。

为了赋予生成的诗歌鲜明且可控的风格特征，我们没有采用现有工作的方法建模每一位诗人，而是在相关文学理论的启发下，提出了一个半监督 MixPoet 模型。我们创新性地对影响诗人风格形成的每一个风格因素进行建模，并用不同风格类别的组合形成有区分度的风格。我们的模型基于一个半监督 VAE，通过隐空间来捕捉和学习潜在的风格因素特征，并设计了两种方法将隐空间解耦为有足够风格区分度和表征能力的子空间，每一个子空间对应一种风格因素。基于此，MixPoet 生成的诗歌能同时表现出多种因素的混合属性，并且整体质量也有一定的提升。

针对诗歌文学表现力的两个层面，即作为基础的文本质量和作为内在的审美特征，及其面临的 4 个挑战：连贯性、扣题性、新颖性和风格化，至此我们都逐一系统地、详细地阐述了本工作所提出的解决方案。我们所设计的方法并非尽善尽美，但总体而言相比现有工作，显著地提升了诗歌的文本质量并加强了其审美特征，让生成的诗歌在一定程度上具有了文学表现力。此外可以发现，我们提出的模型和方法相互之间可以兼容。例如，我们在第 6 章提出的互强化学习（MRL）方法对基础的模型结构没有要求，可将其应用于第 4 章所设计的工作记忆模型。基于这一特性，我们将各个模型和方法进行了工程化实现和整合，形成了在线中文诗歌生成系统——九歌。下一章我们将对这一系统进行介绍。

第 8 章

中文古典诗歌在线自动写作系统——九歌

8.1 九歌系统简介

本工作除了研究探索之外，也将本书第 4 章至第 7 章所提出的提升诗歌文学表现力的方法进行了工程化实现，整合构建了我们的中文古典诗歌在线自动写作系统——**九歌**⊖。如图 8.1 所示，相比现有的中文诗歌生成系统，九歌具有如下特点：

- **支持多种常见中文古典诗歌体裁**。如图 8.1 区域 1 所示，九歌系统支持绝句、藏头诗、律诗、集句诗、词等多种常见的中文古典诗歌体裁生成，其中词生成支持"如梦令""满江红""沁园春"等超过 30 个词牌。得益于 3.3 节中介绍的格律控制方法，我们能混

⊖ 我们的系统可通过如下网址访问：http://jiuge.thunlp.org/。

合训练并生成不同体裁的诗歌。此外九歌系统也提供了"风格绝句"生成的选项,允许用户按自己的喜好从多种风格中进行选择,以此创作出更加丰富多彩的诗歌作品。

- **支持多模态输入**。如图8.1区域2所示,九歌系统允许用户输入一个/多个关键词、完整语句/段落以及图片等多模态信息。对用户输入的现代概念词汇,九歌系统利用一个知识图谱将其映射转换为相关的古典词汇。当输入的关键词较少时,九歌系统能自动进行关联词扩展,以丰富所生成诗歌的语义。

- **人机交互创作模式**。如图8.1区域3所示,九歌系统允许用户深度参与到一首诗的生成过程中。对于首次生成的诗歌草稿中不满意的部分,用户可点击进行自主修改,也可选择系统推荐的其他候选字。随后系统将依据用户的修改重新进行生成。在这一过程中,用户与系统交互合作,共同完成诗歌创作。

- **相似的人类诗作自动检索**。如图8.1区域4所示,在诗歌生成完成后,系统将自动检索并展示与生成诗歌内容、主题、意境相似的古人诗作,为用户的交互修改提供参考范例。同时,诗歌初学者也可通过对比观察九歌诗作和人类诗作,直观地感受和学习人类的创作技法。

- **系统自动评分**。如图8.1区域5所示,每次生成和修改后,系统将从不同指标,如通顺性、连贯性、新颖性等,为诗歌自动进行评分。这一评分能在一定程度上为用户的修改提供直观的反馈,辅助用户的诗词写作学习。

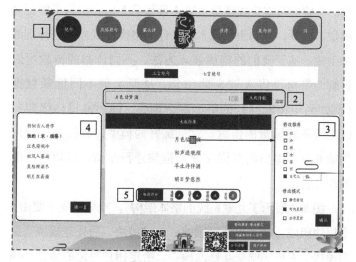

图 8.1 九歌系统界面

基于本工作所开发的九歌系统,不仅能自动生成在一定程度上具有文学表现力的诗歌,同时也为用户提供了多个辅助学习的功能,如交互创作、诗歌检索、修改推荐等。九歌系统不仅仅提供自动写作服务,也致力于成为我们在第 1 章所介绍的诗词学习的智能助手,以帮助更多的人了解诗词,学习诗词,进而创作诗词,以 AI 作为促进诗歌发展的新载体,为弘扬优秀中华传统诗词文化贡献一份力量。

8.2 九歌系统的架构设计

九歌系统主要基于本书提出的各个模型和方法进行构建。系统的基本生成模型为第 4 章和第 5 章介绍的工作记忆模型。此外，我们使用第 3 章设计的格律控制方法进行训练和生成。基于我们的格律嵌入方法，不同体裁的诗歌可以拆解为带格律嵌入信息的单句，从而实现不同体裁数据（例如绝句和宋词）的整体混合训练，随后通过格律控制以生成不同体裁的诗歌。对训练好的模型，我们进一步采用第 6 章所提出的互强化学习框架进行微调，以增强诗歌的新颖性。

图 8.2 展示了九歌系统的整体架构[一]。整个系统主要由 5 个模块组成：输入预处理模块、生成模块、后处理模块、反馈模块、人机协同交互修改模块。给定用户指定的体裁、风格、主题词等，输入预处理模块从输入中识别/抽取若干个关键词，然后进行关键词扩展以进一步丰富诗歌的语义。对于现代概念词汇，如"飞机"等，九歌将其自动转换为古诗词中出现过的相关词汇，例如飞机→飞。随后生成模块依据

[一] 九歌系统的整体设计以 Demo Paper 的形式，以 "Jiuge: A Human-Machine Collaborative Chinese Classical Poetry Generation System" 为题发表在 2019 年的国际学术会议 "The Annual Meeting of the Association for Computational Linguistics（ACL 2019）" 上。

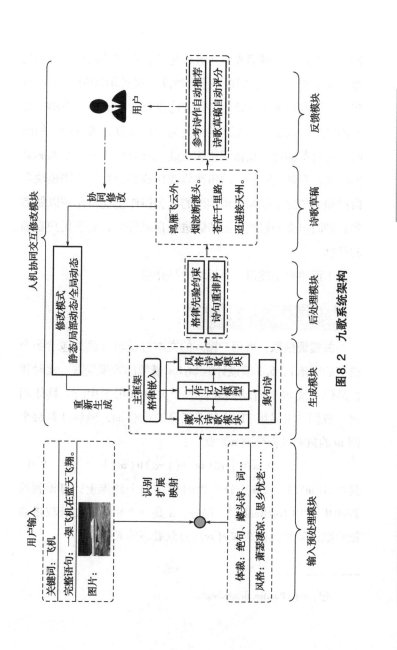

图8.2 九歌系统架构

预处理得到的关键词或单句进行生成,得到诗歌草稿。后处理模块负责对候选诗句进行重排序,以选取质量更高的诗句,同时利用第 3 章设计的先验约束方法剔除不符合格律要求的候选。人机协同交互模块会与用户交互,依据用户修改的内容对草稿进行重新润色和生成,直至产生一首令人满意的诗歌。在此过程中,对每次修改生成的诗歌,反馈模块会自动检索与之主题和意境相似的人类诗作呈现给用户以做参考;同时也会为修改后的诗歌进行自动评分,给予用户直观的反馈。

下面将对上述每一个模块进行介绍。

8.2.1 输入预处理模块

关键词抽取:当用户输入的文本过长时(例如包含多个语句的段落),5.3 节设计的 StyIns 模型的效果受限。此时我们从输入文本中自动抽取若干个关键词用于生成。具体而言,我们首先采用 THULAC[○] 工具进行分词,随后计算每个词 w 的重要性得分 $r(w)$ 如下:

$$r(w) = [\alpha \text{ti}(w) + (1-\alpha) \text{tr}(w)] \qquad (8-1)$$

其中 $\text{ti}(w)$ 和 $\text{tr}(w)$ 分别为词 w 在整个诗库上计算得到的 TF-IDF 值和 TextRank[120] 得分,α 是一个平衡两部分权重的超参数。随后我们选取 $r(w)$ 分数最高的 K 个词。

○ http://thulac.thunlp.org/。

第8章 中文古典诗歌在线自动写作系统——九歌

当用户输入图片时,我们使用阿里云图片识别工具[①]得到识别出的物体。该工具会给出每个物体的识别概率 $s(\boldsymbol{w})$,随后我们选取分数 $s(\boldsymbol{w})r(\boldsymbol{w})$ 最高的 K 个词。

关键词映射:抽取或识别出的关键词可能为古诗语料中未出现过的某种现代概念,例如"飞机""冰箱"等。模型可能会将这些词汇当作 UNK 符号或者仅使用其字面意义,从而生成与用户输入无关的内容。为了处理这一问题,我们用维基百科(Wikipedia)数据构造了一个诗歌知识图谱(Poetry Knowledge Graph,PKG)。PKG 包含 616 360 个实体以及 5 102 192 个实体关系,其中 40 276 个实体包含于古诗语料中。在进行关键词映射和选择前,我们首先使用 PKG 将现代概念词汇映射到与之最相关的古典诗歌词汇。

对每个现代概念词汇 $\boldsymbol{w}_i$,我们计算它在 PKG 中每个相邻词汇 $\boldsymbol{w}_j$ 的得分如下:

$$g(\boldsymbol{w}_j) = \text{tf}_{\text{wiki}}(\boldsymbol{w}_j | \boldsymbol{w}_i) \log\left(\frac{N}{1+\text{df}(\boldsymbol{w}_j)}\right) \arctan\left(\frac{p(\boldsymbol{w}_j)}{\tau}\right)$$

(8-2)

其中 $\text{tf}_{\text{wiki}}(\boldsymbol{w}_j | \boldsymbol{w}_i)$ 为词 $\boldsymbol{w}_j$ 在 $\boldsymbol{w}_i$ 对应的维基百科文章中的词频度,$\text{df}(\boldsymbol{w}_j)$ 为包含词 $\boldsymbol{w}_j$ 的维基文章数,N 为维基文章总数,$p(\boldsymbol{w}_j)$ 为 $\boldsymbol{w}_j$ 在所有文章中的词频率。图 8.3a 给出了映

---

① https://ai.aliyun.com/image。

射现代概念"飞机"的一个例子。

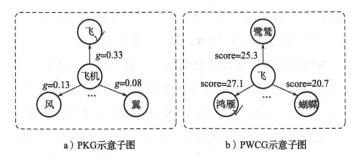

a) PKG 示意子图   b) PWCG 示意子图

图 8.3 PKG 和 PWCG 示意图

关键词扩展：九歌系统的生成模块主要采用第 4 章和第 5 章设计的工作记忆模型。如第 5 章所述，我们提出的主题记忆模块能支持多关键词输入。关键词越多，生成的诗歌语义内容越丰富。因此，当输入/抽取的关键词小于 K 个时，我们进一步进行关键词扩展。为此，我们构造了一个诗歌词汇共现图（Poetry Word Co-occurrence Graph，PWCG），如图 8.3b 所示。PWCG 蕴含了一首诗中不同词汇的共现信息，图中每个节点为一个词，两个节点的连边权重按照点对互信息（Pointwise Mutual Information，PMI）计算如下：

$$\text{PMI}(\boldsymbol{w}_i, \boldsymbol{w}_j) = \log \frac{p(\boldsymbol{w}_i, \boldsymbol{w}_j)}{p(\boldsymbol{w}_i)p(\boldsymbol{w}_j)} \quad (8\text{-}3)$$

其中 $p(\boldsymbol{w}_i)$ 和 $p(\boldsymbol{w}_i, \boldsymbol{w}_j)$ 分别为古诗语料中的词频和共现频率。对一个给定的词语 $\boldsymbol{w}$，我们获取它在 PWCG 中的所有

相邻词汇 w_k 并计算每个相邻词的得分如下：

$$\log p(w_k)\mathrm{PMI}(w,w_k)+\beta r(w_k) \quad (8-4)$$

其中 β 为平衡词汇质量和相关性的超参数。

8.2.2 生成模块

主体框架：我们采用第4章和第5章设计的工作记忆模型为主体框架，用于绝句和词的生成。得益于3.3节中介绍的格律控制方法，我们能混合多种体裁的诗歌数据进行训练，随后通过格律嵌入来控制生成不同体裁的诗歌。

风格诗歌：对于风格诗歌，我们采用第7章设计的风格因素混合方法以及 Yang 等人[93]提出的风格解耦方法进行实现。

藏头诗：藏头诗是古诗词中常见的一种形式，兼具文学性和趣味性，一直以来深受创作者青睐。用户给定一个单字序列 $\mathrm{seq}=x_{0,0}$，$x_{1,0}$，$x_{n,0}$，模型需要把其中每个字逐一作为生成的诗歌中每句的首字。因为我们的工作记忆模型以关键词作为输入，所以我们首先需要依据藏头字得到若干个关键词。为此，我们基于预训练得到的 word2vec[132] 向量计算每个词汇与 seq 中词语的余弦距离，得到最相关的 K 个关键词作为输入。随后我们直接将每个藏头字 $x_{i,0}$ 输入到模型解码器中作为首字，然后顺序生成后续内容。为了避免强行指定首字造成的语句不通顺，我们采用如下概率生成每句的第二个字：

$$p_{\text{gen}}(x_{i,1} \mid x_{i,0}) = p_{\text{dec}}(x_{i,1} \mid x_{i,0}) + \delta p_{\text{lm}}(x_{i,1} \mid x_{i,0}) \quad (8-5)$$

其中 p_{dec} 和 p_{lm} 分别为解码器与语言模型给出的第二个字的概率。如果用户给出的藏头字数少于诗句数,我们利用语言模型自动为其进行扩展。例如输入"荷塘"二字,系统自动将其扩展为"荷塘风暖"用于藏头绝句生成。

集句诗:对于集句诗,我们使用修改后的工作记忆模型作为基础模块,然后采用梁健楠等[183]提出的集句诗算法进行实现。

8.2.3 后处理模块

如第 3 章所述,我们采用逐句生成的模式并使用 Beam Search 进行解码。因此,对每一句诗句我们能得到 B 个不同的候选句。为了进一步提升所生成诗歌的质量,我们设计了一个后处理模块自动对候选句进行格律约束检查以及重排序,随后选择最好的一句用于后续生成。该模块包含如下两个功能。

格律约束:在使用 Beam Search 进行解码时,我们采用 3.3 节设计的先验约束进一步控制格律。同时,对得到的候选句,我们会再次进行格律检查并剔除不符合格律要求的候选。

重排序:我们在测试中发现,在 Beam Search 得到的候选中,质量最高的诗句往往不在第一位,因为原始的 Beam

Score 为模型生成的对数概率，无法对诗句质量进行准确度量。为此，我们使用第 6 章设计的自动评分器为候选句评分，并选取加权得分最高的一句。

8.2.4 人机协同交互修改模块

我们称系统首次生成的诗歌为诗歌草稿，并允许用户对其中不满意的字词进行修改，随后系统依据用户的修改再次进行生成。在此过程中，用户能与系统交互创作，直至共同完成一首令人满意的诗歌。为此，我们实现了一个人机协同交互修改模块，该模块支持如下三种修改更新模式。

- 静态更新模式：用户可点击选择草稿中某个不满意的字进行修改，修改要求遵循原诗的格律模式。除了被修改的字外，草稿的其余部分不会更新。修改时若用户输入的新字不满足对应的格律要求，则系统会给出相应提示。在生成过程中，我们保留了每个位置对应的 Beam Score 最高的 10 个候选字，并在用户修改时作为推荐候选字以供参考。
- 局部动态更新模式：用户修改某个字后，系统将句内该字后的内容重新生成。
- 全局动态更新模式：用户修改某个字后，系统将该字后的所有内容重新生成。

协同交互修改模块中的这一"修改-更新"过程允许用

户自由选择上述修改模式,并逐步对草稿进行修正,直到得到一首令人满意的诗歌为止。在这一过程中,用户能与系统进行协同创作,既能锻炼用户对诗歌的理解和创作能力,又能进一步提升最终得到的诗歌的质量。

8.2.5 反馈模块

诗歌初学者由于缺乏足够的诗词专业知识,在交互创作时往往无法进行正确的修改。因此,我们进一步实现了一个反馈模块以辅助初学者的交互创作过程。该交互模块包含参考诗作自动推荐以及诗歌草稿自动评分两个功能。

参考诗作自动推荐:对用户修改后的诗歌草稿,系统会从诗库中自动检索出若干首与草稿在内容、主题、意境等方面相似的人类诗作呈现给用户,作为修改的参考范例。一方面,用户可以从这些参考诗作中学习相同主题内容的诗歌应该如何遣词用句,从而决定如何进行更好的修改。另一方面,用户也可以通过对比人类诗作和九歌诗作,直观地感受人类诗人的创作技法,领略优秀古典诗歌独特的魅力。具体我们采用梁健楠等[184]提出的诗歌检索方法实现该功能。

诗歌草稿自动评分:诗歌初学者往往不具备独立鉴赏诗歌的能力,因此在进行修改后,他们无法判断重新生成的诗歌质量是否得到了提升。鉴于此,我们实现了诗歌草稿自动评分功能（基于第 6 章中设计的评分器），从通顺性、连贯性、新颖性和意境 4 个方面为生成/修改后的诗歌按 A~D 自动评分（A 最好，D 最差），以此为用户提供直观的修改反馈。每次修改后，初学者可以参考这一评分判断自己的修改是否恰当，从而在此过程中不断练习，提升自身的诗歌阅读鉴赏和创作能力。

8.2.6 语料及部署

九歌系统基于超过 80 万首诗歌进行训练，其中包含超过 20 万首绝句、30 万首律诗、9 万首词以及超过 20 万首其他体裁的诗歌。系统的不同功能模块中，相关神经网络模型基于 TensorFlow[一]框架进行实现。系统网页版的前端以及 Server 端采用 Flask[二]框架进行实现，并使用 Celery 算法[三]处理多用户并发。整个系统部署于 4 台 32GB 内存的 4 核阿里云服务器上，为用户提供服务。

8.3 九歌系统的开源资源

除了在线系统之外，九歌的多个相关资源已经在 Github

[一] https://www.tensorflow.org/。
[二] https://flask.palletsprojects.com。
[三] https://docs.celeryproject.org。

上进行了开源发布[1]，累计获得超过 600 个星标，其中包括：

- 3 个诗歌生成模型源代码；
- 1 个古诗词预训练语言模型；
- 4 个诗歌相关数据集；
- 1 个诗歌生成论文列表。

8.4 九歌系统的社会影响

九歌系统于 2017 年 9 月上线，历经多年的改进，已累计为用户免费创作超过 2 500 万首诗歌。九歌曾获得中国计算语言学大会（CCL）2017 年和 2019 年的最佳系统展示奖。2017 年，九歌系统参加央视一套节目《机智过人》，与当代青年诗人同台比拼诗词写作，成功通过现场观众的图灵测试。当期节目在各网络平台[2]累计播放超过 1 000 万次。此外，九歌也曾参加赋能中国-人工智能产业化高峰论坛、首届中国人工智能教育大会等多个重要活动[3]，在人民群众中产生了广泛的影响。

---

[1] https://github.com/THUNLP-AIPoet。
[2] https://v.qq.com/x/cover/23nc3uplhdwfyok/s00253ra82j.html。
[3] 更多九歌参加的活动信息参见 https://github.com/THUNLP-AIPoet/JiugeNews。

8.5 九歌系统诗作示例

八声甘州
雨·月·闲愁·归思
对西风一夜月如钩,无端又添愁。故国归期误,天涯梦远,别恨难收。剩得几番离思,都付雨中舟。望断江南浦,水阔云浮。

往事不堪重溯,念此情谁诉,清泪凝眸。暗香销魂处,独自倚东楼。最凄凉、数声秋雁,怎忍听、哀怨更何求。君休问、灯前影里,总是心头。

沁园春
烽火·英雄
烽火初收,凭高望眼,楚天迢遥。问谁家投笔,何人解佩;胡笳吹起,离恨难消。击楫狂歌,挥戈满地,多少英雄泪落潮。伤心处,一声羌笛怨,凄断魂销。

无端又逐征袍,忆昨夜西窗听雨宵。更阑干独倚,孤灯黯淡;哀鸿嘹唳,戍鼓萧条。旅梦惊回,乡关路远,况是潇湘暮景飘。愁如织,怎禁他憔悴,欲寄江皋。

第 9 章

总结与展望

诗歌是一种高度文学化、艺术化、凝练化的语言形式,在数千年历史中对人类文化和社会的发展产生了深远影响。早在1950年,被称为人工智能之父的阿兰·图灵就曾在其论文中想象了一台能够创作诗歌并且对诗中的韵律和意象有深入理解的机器,用以说明具备智能的机器并不仅仅只是机械地输出预设的信号。诗歌自动写作有着广泛的研究和应用价值,对探索机器智能、研究人工智能基础方法、理解人类写作计算机理、构建可计算性创造力等方面都能有所启发,此外也有助于在趣味娱乐、创作辅助、智能教育等方面构建丰富的下游应用。

近年来,在计算机视觉、推理和机器翻译等多个任务上取得显著突破的神经网络技术也逐渐在诗歌自动写作领域大放异彩,促进了多个模型和系统的产生。然而,现有工作往往只是将诗歌自动写作简单地看作序列生成任务,忽略了诗歌作为一种文学体裁所具有的特性,这严重损害了所生成诗歌的文学表现力。针对这一问题,本书创新性地提出赋予自动生成的诗歌文学表现力,并依据相关文学理论,从构成文学表现力的两个层面,即文本质量和美学特征进行切入。对提升文本质量和实现美学特征所面临的 4 个挑战,即连贯性、扣题性、新颖性和风格化,本书都逐一地、系统性地设计了相应的解决方案。我们所提出的方法在各自针对的挑战上都不同程度地超过了现有的基线模型。同时各个方法之间可以相互兼容,最终整合形成了我们的中文古典诗歌在线自动写作系统——九歌。

9.1 主要贡献

本书重点研究诗歌自动写作任务,并从文本质量和审美特征这两方面切入,研究如何提升所生成诗歌的文学表现力。概括而言,本书的主要贡献包括以下 5 点:

- 针对文本质量基础之一的连贯性,我们分别提出了两种方法加以改善。对于现有工作在生成每一句诗句时,对上文已生成诗句的利用方式不恰当的问题,我们分别设计了显著线索机制和工作记忆模型。我们的方法能自动排除上文的噪声干扰,在一首诗的生成过程中动态灵活地关注和利用上文中富有信息量的显著内容。所设计的模型能有效增强每一句诗句与上文的关联性,进而显著提升一首诗中多句诗句在内容、逻辑和意境上的整体性与连贯性。
- 针对文本质量基础之二的扣题性,我们设计了两个模型以解决不同输入类型的扣题性问题。针对多关键词输入，我们提出了一个新颖的主题记忆模块和主题追踪机制，能显式地记录每一个主题词表达与否，以帮助模型对每一个主题词有区分性地加以利用。这一方法能显著提高诗歌中的关键词包含率（>83%的主题词都能成功被表达），同时能让主题表达的顺序更加灵活，形式更加多样。对完整现代汉语句子输入，我们基于文本风格转换技术提出了风格实例支撑的隐空间模型。该模型能将现代汉语语句直接映射转换为古典诗句，从而最大程度地保留输入语句中的主题信息。

- 针对诗歌审美特征之一的新颖性，我们提出了一种新颖的互强化学习方法。我们将人工评价诗歌的指标，如新颖性、通顺性、整体质量等，直接量化建模，作为显式的评分器引导梯度更新，以促进模型生成更加新颖、更加接近人类创作者作品的诗歌。此外，我们同时训练了两个不同的生成器，使生成器不仅从评分器处获得监督信号，相互之间也进行交流学习，以模拟人类诗歌教学中的交互学习活动。实验表明，我们的方法能在提升诗歌质量的同时，进一步将新颖性提升至与当前最优模型可比的水平。

- 针对诗歌审美特征之二的风格化，我们设计了一种可控混合隐空间模型。现有的风格化诗歌生成模型通常将诗人作为风格，以每一位诗人为一个风格标签。这会造成数据在标签上分布稀疏,此外同一标签下的诗歌可能展现出不同风格。针对这一问题,我们创新性地提出对影响诗人风格形成的每一个风格因素进行建模的方法,并用不同风格类别的组合来形成有区分度的风格。该方法一方面可以有效缓解数据稀疏和诗人风格变化的问题,另一方面能通过隐空间来捕捉潜在的风格因素特征,并将隐空间解耦为与每个风格因素对应、有足够风格区分度和表征能力的子空间。我们所提出的模型能在对诗歌质量造成较小影响的前提下,赋予生成的诗歌鲜明且可控的风格特征。

- 本书将所提出的各个可以相互兼容的方法进行了工程化实现,并整合构建了我们的中文古典诗歌在线自动写作系统——九歌。九歌系统自上线至今累计为用户创作数千万首诗歌,同时多次登上央视,并在多个重要的活动场合进行展示,在社会上产生了积极广泛的影响。

9.2 未来工作展望

诗歌自动写作具有丰富的探索价值和广泛的应用场景,然而要实现与人类创作水平相当的诗歌生成十分具有挑战性。在本书工作的基础上,未来仍有较大的研究空间与发展潜力。今后潜在的研究方向包括但不限于:

- 基于知识的用户条件理解。现有工作大多以古代诗人创作的诗歌为训练数据,这导致模型无法理解用户输入的现代概念。如图 9.1a 所示,针对"飞机"这一现代概念,我们的九歌系统(以及其他类似的系统模型)

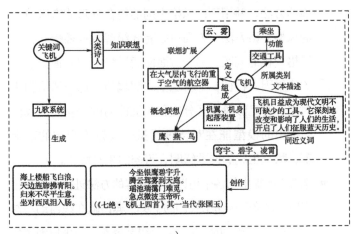

a)

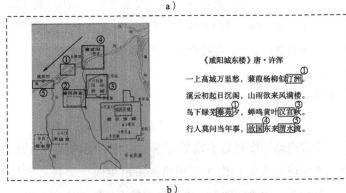

b)

图 9.1 a) 人类基于知识联想的创作;
       b) 人类的写景抒情与外部知识信息紧密相关

目前只能产生部分相关联的词汇,例如"船""飞""天边"等,无法进行进一步的深层语义理解和创作。相比之下,人类创作者能够利用自身具备的知识进行联想和类比,例如将"飞机"比作"银鹰",将飞行比作"腾云驾雾",从而以古典的语言描述一个完全现代的概念。因此,将外部知识引入诗歌自动写作方法中,允许模型利用知识进行更加灵活也更有逻辑性的联想,从而实现对用户所输入的条件进行深层理解,对未来构建人性化的 AI 诗人和开发下游应用至关重要。

- 知识驱动的诗歌自动写作。除了利用知识对用户输入的主题进行深层理解之外,人类诗人也会依据历史、地理等外部知识信息构建一首诗中不同诗句间的逻辑和语义关联,从而形成"起承转合"等结构美。图 9.1b 展示了唐代诗人许浑的一首怀古诗,以及诗人描述的景物所在地的地图。诗人登上秦咸阳古城极目远眺,触景生情,吊古伤今,于是自然地写下了这首诗。首句"高城"指诗人所在的秦咸阳古城,次句"似汀州"描写了古城旁河流交错的景致。第二联夕阳西下,风雨将至,让诗人的心情蒙上了一层阴霾。正此时,看到了远处秦阿房宫和旁边汉长安城的断壁残垣,想到当年强盛一时的两个庞大帝国,如今也只留下了野鸟蝉鸣和萧萧落叶。萧瑟之景让诗人触景生情,感叹匆匆过客,不必再追问旧朝之事。自己由东而来，恰似这渭水从东向西穿过咸阳古城，而自己的家乡也像这古城一样，消失在了远方。整首诗情景交融，"秦苑""汉宫""渭水"等景物皆为诗人登楼所见，环环相扣，同时这些景物所蕴含的历史信息又激发了诗人的怀古伤今之情。由这一例子可以看出，人类创作的内容并非随意杂糅，而是由外部的知识信息构建起了景物之间的逻辑关联，体现了景物内在的情感，从而丰富了诗歌的内容与思想。无论是基于知识的用户条件理解还是知识驱动的诗歌自动写作，都是今后值得进一步探索的方向。我们在未来也计划进一步利用知识完善"九歌"系统。例如可以考虑将知识信息构建为图表示，并利用图神经网络对其进行编码[185]以指导诗歌生成；或者在知识图谱上进行多步推理和联想[186]，将联想得到的内容进行生成以增强诗歌的逻辑性并丰富其语义关联。

- 引入修辞手法的诗歌自动写作。修辞是文学文本的另一个重要特征，人类在文学创作中通常会大量使用修辞手法以增加文字的感染力。尽管目前已有一些工作开始尝试在文本生成任务中引入修辞手法[89]，但所涉及的修辞类别还较为初步。不同于现代文，古典诗歌中包含种类更加丰富的修辞手法，如图 9.2 所示，例如借用典故、一语双关、博喻等。将多样的修辞手法引入诗歌自动写作任务中，有助于进一步提升诗歌的表现力。

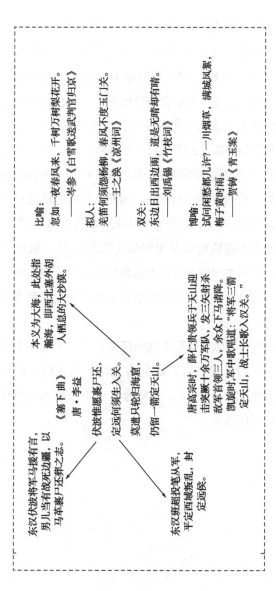

图9.2 古典诗歌中丰富的修辞手法

- 文学性文本的自动评价方法。目前针对自动生成的诗歌等文学性文本的评价主要依赖专业人士的人工评测。虽然 BLEU、PPL 等自动指标在一定程度上能反映文本的质量,但随着模型的不断改进,这些指标已经渐渐无法精确度量不同方法的差异。同时,基于似然和字符串匹配的方法无法处理语言(尤其是文学语言)的多样性和新颖性。近年来,一些工作尝试设计更加平滑的自动评测方法。然而,这些方法或仍需依赖人工评分[113],或需要单独训练额外的模型[112],抑或是没有摆脱对参考句相似度的度量[111]。设计一种专门针对文学性文本且灵活易用的自动评测方法,对诗歌自动写作以及其他类型的文本自动生成都将大有裨益。

总结而言,诗歌自动写作这一任务仍有较大的探索空间和发展潜力。对上述方向的研究将有助于未来构建更加智能、更加人性化的 AI 诗人,并将为进一步传承和弘扬我国的优秀诗词文化助力。

参考文献

[1] 加德纳. 智能的结构[M]. 沈致隆, 译. 北京: 中国人民大学出版社, 2008.

[2] REITER E. Natural language generation challenges for explainable AI[C]//ALONSO J M, CATALA A. Proceedings of the 1st Workshop on Interactive Natural Language Technology for Explainable Artificial Intelligence (NL4XAI 2019). New Brunswick: Association for Computational Linguistics, 2019: 3-7.

[3] 中国大百科全书总委员会《中国文学》委员会. 中国大百科全书·中国文学[M]. 北京: 中国大百科全书出版社, 1986.

[4] 王力. 诗词格律[M]. 北京: 中华书局, 2009.

[5] HE K M, ZHANG X Y, REN S Q, et al. Delving deep into rectifiers: surpassing human-level performance on ImagEnet classification[C]//Proceedings of the IEEE International Conference on Computer Vision. Cambridge: IEEE Computer Society, 2015: 1026-1034.

[6] HANNUN A Y, RAJPURKAR P, HAGHPANAHI M, et al. Cardiologist-level arrhythmia detection and classification in ambulatory electrocardiograms using a deep neural network[J]. Nature medicine, 2019, 25(1): 65-69.

[7] SILVER D, SCHRITTWIESER J, SIMONYAN K, et al. Mastering the game of go without human knowl-edge [J]. Nature, 2017, 550 (7676): 354-359.

[8] BAHDANAU D, CHO K, BENGIO Y. Neural machine translation by jointly learning to align and translate [C]//Proceedings of the 2015 International Conference on Learning Representations. arXiv preprint, 2015, arXiv: 1409. 0473.

[9] VASWANI A, SHAZEER N, PARMAR N, et al. Attention is all you need [C]//Advances in Neural Information Processing Systems. Cambridge: MIT Press, 2017: 6000-6010.

[10] JOHNSON M, SCHUSTER M, LE Q V, et al. Google's multilingual neural machine translation system: enabling zero-shot translation [J]. Transactions of the Association for Computational Linguis-tics, 2017, 5: 339-351.

[11] ARIVAZHAGAN N, BAPNA A, FIRAT O, et al. Massively multilingual neural machine translation in the wild: findings and challenges [J]. arXiv preprint, 2019, arXiv: 1907. 05019.

[12] SPREVAK M, COLOMBO M. The Routledge handbook of the computational mind [M]. London: Routledge, 2018.

[13] JEFFERSON G. The mind of mechanical man [J]. British medical journal, 1949, 1 (4616): 1105.

[14] BEALS K. "do the new poets think? it's possible": computer poetry and cyborg subjectivity [J]. Configurations, 2018, 26 (2): 149-177.

[15] TURING A. Computing machinery and intelligence [J]. Mind, 1950, 59: 433-460.

[16] BODEN M A. The creative mind: myths and mechanisms [M]. New York: Psychology Press, 2004.

[17] CORNELI J, JORDANOUS A, SHEPPERD R, et al. Computa-

tional poetry workshop: making sense of work in progress [C]// Proceedings of the Sixth International Conference on Computational Creativity. Provo: computationalcreativity. net, 2015: 268-275.

[18] KÖBIS N, MOSSINK L D. Artificial intelligence versus maya angelou: experimental evidence that people cannot differentiate AI-generated from human-written poetry [J]. Computers in human behavior, 2021, 114 (C): 106553.

[19] KURT D E. Artistic creativity in artificial intelligence [D]. Nijmegen: Radboud University, 2018.

[20] AL-RIFAIE M M, BISHOP M. Weak and strong computational creativity [M]// Computational Creativity Research: Towards Creative Machines. Berlin: Springer, 2015: 37-49.

[21] 朗格. 艺术问题 [M]. 北京: 中国社会科学出版社, 1983.

[22] SPROAT R. A computational theory of writing systems [M]. Cambridge: Cambridge University Press, 2000.

[23] BURDICK A, DRUCKER J, LUNENFELD P, et al. Digital humanities [M]. Cambridge: Mit Press, 2012.

[24] 杨守森. 人工智能与文艺创作 [J]. 河南社会科学, 2011, 19 (1): 188-193.

[25] KASPAROV G. Deep thinking: where machine intelligence ends and human creativity begins [M]. London: Hachette UK, 2017.

[26] 杨俊蕾. 机器、技术与 AI 写作的自反性 [J]. 学术论坛, 2018, 41 (2): 8-13.

[27] 李建会, 夏永红. 人工智能会获得创造力吗? [J]. 国外社会科学, 2020 (5): 52-60.

[28] 白亮. 技术生产、审美创造与未来写作——基于人工智能写作的思考 [J]. 南方文坛, 2019 (6): 39-44.

[29] 杨庆祥. 与 AI 的角力—— 一份诗学和思想实验的提纲 [J]. 南方文坛, 2019 (3): 21-24.

[30] 马草. 人工智能艺术的美学挑战［J］. 民族艺术研究, 2018, 31（6）: 90-97.

[31] 刘欣. 人工智能写作"主体性"的再思考［J］. 中州学刊, 2019（10）: 153-158.

[32] 朱辉. 符号学美学思想下人工智能写作的文学真实性悖论［J］. 美与时代（下旬刊）, 2020（1）: 32-35.

[33] KONOVALOVA E, NIZAMIEVA M. Stylistic devices and expressive means in TED talks lectures on architecture and construction［C］//IOP Conference Series: Materials Science and Engineering: volume 890. Philadelphia: IOP Publishing, 2020: 012206.

[34] APRESYAN M. On the concept of "expressiveness" in modern linguistics［J］. Annals of language and literature, 2018, 2（4）: 8-12.

[35] GARCÍA-BERRIO A. A theory of the literary text［M］. Berlin: De Gruyter, 1992.

[36] 叶澜. 文学语言研究: 美学——语言学的渗透［J］. 当代修辞学, 1993（1）: 3-4.

[37] 川野, 李心峰. 语义信息与审美信息——符号的信息结构［J］. 文艺研究, 1985（6）: 132-135.

[38] 朱光潜. 诗论［M］. 北京: 北京出版社, 2005.

[39] SHCHEGLOV Y, ZHOLKOVSKY A. Poetics of expressiveness: a theory and application［M］. Amsterdam: John Benjamins Publishing, 1987.

[40] 王汶成. 论文学语言的审美特性［J］. 求是学刊, 2002, 29（3）: 88-93.

[41] 郭立新. 文学语言的审美特征分析［J］. 青年文学家, 2020（21）: 28-29.

[42] AKKUZOVA A, MANKEYEVA Z, AKKUZOV A, et al. Some features of the meaning "literary text" in the pragmalinguistic as-

pect [J]. Opción: Revista de Ciencias Humanas y Sociales, 2018 (85): 20-34.

[43] QUENEAU R. Cent mille milliards de poèmes [M]. Pairs: Gallimard, 1961.

[44] OULIPO. Atlas de littérature potentielle: volume 109 [M]. Paris: Gallimard, 1981.

[45] 张明华. 文化视域中的集句诗研究 [M]. 北京: 中国社会科学出版社, 2014.

[46] BAILEY R W. Computer-assisted poetry: the writing machine is for everybody [J]. Computers in the humanities, 1974: 283-295.

[47] 刘岩斌, 俞士汶, 孙钦善. 古诗研究的计算机支持环境的实现 [J]. 中文信息学报, 1996, 11 (1): 27-35.

[48] 苏劲松, 周昌乐, 李翼鸿. 基于统计抽词和格律的全宋词切分语料库建立 [J]. 中文信息学报, 2007, 21 (2): 52-57.

[49] 穗志方, 俞士汶, 罗凤珠. 宋代名家诗自动注音研究及系统实现 [J]. 中文信息学报, 1998, 12 (2): 44-53.

[50] 罗凤珠, 李元萍, 曹伟政. 中国古代诗词格律自动检索与教学系统 [J]. 中文信息学报, 1999, 13 (1): 35-42.

[51] 俞士汶, 胡俊峰. 唐宋诗之词汇自动分析及应用 [J]. 语言暨语言学, 2000, 4 (3): 631-647.

[52] 李良炎, 何中市, 易勇. 基于词联接的诗词风格评价技术 [J]. 中文信息学报, 2005, 19 (6): 98-104.

[53] 苏劲松. 全宋词语料库建设及其宋词风格与情感分析的计算方法研究 [D]. 厦门: 厦门大学, 2007.

[54] GERVÁS P. Exploring quantitative evaluations of the creativity of automatic poets [M]//Computational Creativity. Berlin: Springer, 2019: 275-304.

[55] OLIVEIRA H G. PoeTryMe: a versatile platform for poetry generation [J]. Computational creativity, concept invention, and

general intelligence, 2012, 1: 21.

[56] MANURUNG H M. A chart generator for rhythm patterned text [C]//Proceedings of the First International Workshop on Literature in Cognition and Computer. Osnabrück: CEUR-WS, 1999: 15-19.

[57] GERVÁS P. WASP: Evaluation of different strategies for the automatic generation of Spanish verse [C]//Proceedings of the AISB-00 Symposium on Creative & Cultural Aspects of AI. Birmingham: University of Birmingham, 2000: 93-100.

[58] WHITLEY D. A genetic algorithm tutorial [J]. Statistics and Computing, 1994, 4 (2): 65-85.

[59] LEVY R P. A computational model of poetic creativity with neural network as measure of adaptive fitness [C]//Proceedings of the ICCBR-01 Workshop on Creative Systems. Berlin: Springer, 2001.

[60] MANURUNG H M. An evolutionary algorithm approach to poetry generation [D]. Edinburgh: University of Edinburgh, 2004.

[61] 周昌乐, 游维, 丁晓君. 一种宋词自动生成的遗传算法及其机器实现 [J]. 软件学报, 2010, 21 (3): 427-437.

[62] GERVÁS P. An expert system for the composition of formal spanish poetry [M]//Applications and Innovations in Intelligent Systems VIII. Berlin: Springer, 2001: 19-32.

[63] DÍAZ-AGUDO B, GERVÁS P, GONZÁLEZ-CALERO P A. Poetry generation in COLIBRI [C]//European Conference on Case-Based Reasoning. Berlin: Springer, 2002: 73-87.

[64] TOIVANEN J, GROSS O, TOIVONEN H, et al. "the officer is taller than you, who race yourself!": Using document specific word associations in poetry generation [C]//Proceedings of the Fifth International Conference on Computational Creativity. Jamo-

va: Jožef Stefan Institute, 2014, 355-362.
[65] WONG M T, CHUN A H W, LI Q, et al. Automatic Haiku generation using VSM [C]//Proceedings of the 7th International Conference on Applied compater & Applied Computational Science (ACACS'08). Stevens Point: World Scientific and Engineering Academy and Society, 2008, 318-323.
[66] KURZWEIL R. Cybernetic poet[EB/OL]. [2022-08-02]. http://www.kurzweilcyberart.com/poetry.
[67] GREENE E, BODRUMLU T, KNIGHT K. Automatic analysis of rhythmic poetry with applications to generation and translation [C]//Proceedings of the 2010 Conference on Empirical Methods in Natural Language Processing. New Brunswick: Association for Computational Linguistics, 2010: 524-533.
[68] BROWN P F, DELLA PIETRA S A, DELLA PIETRA V J, et al. The mathematics of statistical machine translation: parameter estimation [J]. Computational linguistics, 1993, 19 (2): 263-311.
[69] YAN R, JIANG H, LAPATA M, et al. I, poet: automatic Chinese poetry composition through a generative summarization framework under constrained optimization [C]//Proceedings of the 23rd International Joint Conference on Artificial Intelligence. San Francisco: Morgan Kaufmann, 2013: 2197-2203.
[70] JIANG L, ZHOU M. Generating Chinese couplets using a statistical MT approach [C]//Proceedings of the 22nd International Conference on Computational Linguistics. New Brunswick: ACL, 2008: 377-384.
[71] HE J, ZHOU M, JIANG L. Generating Chinese classical poems with statistical machine translation models [C]//Proceedings of the Twenty-Sixth AAAI Conference on Artificial Intelligence. Palo

Alto: AAAI Press, 2012: 1650−1656.

[72] ZHANG X X, LAPATA M. Chinese poetry generation with recurrent neural networks [C]//Proceedings of the 2014 Conference on Empirical Methods in Natural Language Processing. New Brunswick: ACL, 2014: 670−680.

[73] MIKOLOV T, KARAFIÁT M, BURGET L, et al. Recurrent neural network based language model [C]//The Eleventh Annual Conference of the International Speech Communication Association. New York: Curran Associates Incorporated, 2010: 1045−1048.

[74] HEAFIELD K. KenLM: faster and smaller language model queries [C]//Proceedings of the Sixth Workshop on Statistical Machine Translation. New Brunswick: ACL, 2011: 187−197.

[75] YAN R. I, poet: Automatic poetry composition through recurrent neural networks with iterative polishing schema [C]//Proceedings of the Twenty-Fifth International Joint Conference on Artificial Intelligence. Palo Alto: AAAI Press, 2016: 2238−2244.

[76] GHAZVININEJAD M, SHI X, CHOI Y, et al. Generating topical poetry [C]//Proceedings of the 2016 Conference on Empirical Methods in Natural Language Processing. San Francisco: Morgan Kaufmann, 2016: 1183−1191.

[77] HOPKINS J, KIELA D. Automatically generating rhythmic verse with neural networks [C]//Proceedings of the 55th Annual Meeting of the Association for Computational Linguistics. New Brunswick: Association for Computational Linguistics, 2017: 168−178.

[78] GHAZVININEJAD M, SHI X, PRIYADARSHI J, et al. Hafez: an interactive poetry generationsystem [C]//Proceedings of the 55th Annual Meeting of the Association for Computational Linguistics, System Demonstrations. New Brunswick: Association for

Computational Linguistics, 2017: 43-48.

[79] VAN DE CRUYS T. Automatic poetry generation from prosaic text [C]//Proceedings of the 58th Annual Meeting of the Association for Computational Linguistics. New Brunswick: Association for Computational Linguistics, 2020: 2471-2480.

[80] HU J, SHEN L, SUN G. Squeeze-and-excitation networks [C]// Proceedings of the IEEE Conference on Computer Vision and Pattern Recognition. Cambridge: IEEE, 2018: 7132-7141.

[81] WANG Q X, LUO T Y, WANG D, et al. Chinese song iambics generation with neural attention-based model [C]//Proceedings of the Twenty-Fifth International Joint Conference on Artificial Intelligence. San Francisco: Morgan Kaufmann, 2016: 2943-2949.

[82] HOCHREITER S, SCHMIDHUBER J. Long short-term memory [J]. Neural Computation, 1997, 9 (8): 1735-1780.

[83] WANG Z, HE W, WU H, et al. Chinese poetry generation with planning based neural network [C]//Proceedings of the 26th International Conference on Computational Linguistics: Technical Papers. New Brunswick: ACL, 2016: 1051-1060.

[84] ZHANG J Y, FENG Y, WANG D, et al. Flexible and creative Chinese poetry generation using neural memory [C]//Proceedings of the 55th Annual Meeting of the Association for Computational Linguistics. New Brunswick: Association for Computational Linguistics, 2017: 1364-1373.

[85] WESTON J, CHOPRA S, BORDES A. Memory networks [C]// Proceedings of the 2015 International Conference on Learning Representations. arXiv preprint, arXiv: 1410. 3916. 2015.

[86] YANG X P, LIN X W, SUO S D, et al. Generating thematic Chinese poetry using conditional variational autoencoders with hybrid decoders [C]//Proceedings of the Twenty-Seventh International

Joint Conference on Artificial Intelligence. San Francisco: Morgan Kaufmann, 2018: 4539-4545.

[87] KINGMA D P, WELLING M. Auto-encoding variational BAYES [C]//Proceedings of the 2014 International Conference on Learning Representations. arXiv preprint, 2014, arXiv: 1312. 6114.

[88] CHEN H M, YI X Y, SUN M S, et al. Sentiment-controllable Chinese poetry generation [C]//Proceedings of the Twenty-Eighth International Joint Conference on Artificial Intelligence. San Francisco: Morgan Kaufmann, 2019: 4925-4931.

[89] LIU Z Q, FU Z H, CAO J, et al. Rhetorically controlled encoder-decoder for modern Chinese poetry generation [C]//Proceedings of the 57th Annual Meeting of the Association for Computational Linguistics. New Brunswick: Association for Computational Linguistics, 2019: 1992-2001.

[90] GOODFELLOW I, POUGET-ABADIE J, MIRZA M, et al. Generative adversarial nets [C]//Advances in neural information processing systems. Cambridge: MIT Press, 2014: 2672-2680.

[91] LI J T, SONG Y, ZHANG H S, et al. Generating classical Chinese poems via conditional variational autoencoder and adversarial training [C]//Proceedings of the 2018 Conference on Empirical Methods in Natural Language Processing. New Brunswick: ACL, 2018: 3890-3900.

[92] CHEN X, DUAN Y, HOUTHOOFT R, et al. InfoGAN: interpretable representation learning by information maximizing generative adversarial nets [C]//Advances in Neural Information Processing Systems. New York: Curran Associates Incorporated, 2016: 2180-2188.

[93] YANG C, SUN M S, YI X Y, et al. Stylistic Chinese poetry generation via unsupervised style disentanglement [C]//Proceedings

of the 2018 Conference on Empirical Methods in Natural Language Processing. New Brunswick: ACL, 2018: 3960-3969.

[94] DENG L M, WANG J, LIANG H M, et al. An iterative polishing framework based on quality aware masked language model for Chinese poetry generation [C]//Proceedings of the Thirty-Fourth AAAI Conference on Artificial Intelligence. Palo Alto: AAAI Press, 2020: 7643-7650.

[95] DEVLIN J, CHANG M W, LEE K, et al. BERT: pre-training of deep bidirectional transformers for language understanding [C]//Proceedings of the 2019 Conference of the North American Chapter of the Association for Computational Linguistics: Human Language Technologies. New Brunswick: Association for Computational Linguistics, 2019: 4171-4186.

[96] CHENG W F, WU C C, SONG R H, et al. Image inspired poetry generation in Xiaoice [J]. arXiv preprint, 2018, arXiv: 1808. 03090.

[97] LIU D Y H, GUO Q, LI W B, et al. A multi-modal Chinese poetry generation model [C]//Proceedings of the 2018 International Joint Conference on Neural Networks (IJCNN). Cambridge: IEEE, 2018: 1-8.

[98] XU L L, JIANG L, QIN C, et al. How images inspire poems: generating classical Chinese poetry from images with memory networks [C]//Proceedings of the Thirty-Second AAAI Conference on Artificial Intelligence. Palo Alto: AAAI Press, 2018: 5618-5625.

[99] LIU B, FU J L, KATO M P, et al. Beyond narrative description: generating poetry from images by multi-adversarial training [C]//Proceedings of the 26th ACM International Conference on Multimedia. New York: ACM, 2018: 783-791.

[100] LIU L X, WAN X J, GUO Z M. Images2poem: Generating Chinese poetry from image streams [C]//Proceedings of the 26th ACM International Conference on Multimedia. New York: ACM, 2018: 1967-1975.

[101] FAN A, LEWIS M, DAUPHIN Y. Hierarchical neural story generation [C]//Proceedings of the 56th Annual Meeting of the Association for Computational Linguistics. New Brunswick: Association for Computational Linguistics, 2018: 889-898.

[102] HOLTZMAN A, BUYS J, DU L, et al. The curious case of neural text degeneration [C]//Proceedings of the 2020 International Conference on Learning Representations. arXiv preprint, 2020, arXiv: 1904.09751.

[103] GRAVES A. Sequence transduction with recurrent neural networks [J]. arXiv preprint, 2012, arXiv: 1211.3711.

[104] FREITAG M, AL-ONAIZAN Y. Beam search strategies for neural machine translation [C]//Proceedings of the First Workshop on Neural Machine Translation. New Brunswick: ACL, 2017: 56-60.

[105] OTT M, AULI M, GRANGIER D, et al. Analyzing uncertainty in neural machine translation [C]//Proceedings of the 35th International Conference on Machine Learning. [S. l.]: PMLR, 2018: 3956-3965.

[106] 舒梦兰. 白香词谱 [M]. 上海: 上海古籍出版社, 2011.

[107] MIKOLOV T, SUTSKEVER I, CHEN K, et al. Distributed representations of words and phrases and their compositionality [J]. arXiv preprint, 2013, arXiv: 1310.4546.

[108] PENNINGTON J, SOCHER R, MANNING C D. Glove: global vectors for word representation [C]//Proceedings of the 2014 Conference on Empirical Methods in Natural Language Process-

ing. New Brunswick: ACL, 2014: 1532-1543.

[109] PAPINENI K, ROUKOS S, WARD T, et al. BLEU: a method for automatic evaluation of machine translation [C]//Proceedings of the 40th Annual Meeting of the Association for Computational Linguistics. New Brunswick: ACL, 2002: 311-318.

[110] WISEMAN S, RUSH A M. Sequence-to-sequence learning as beam-search optimization [C]//Proceedings of the 2016 Conference on Empirical Methods in Natural Language Processing. New Brunswick: Association for Computational Linguistics, 2016: 1296-1306.

[111] ZHANG T Y, KISHORE V, WU F, et al. BERTscore: Evaluating text generation with BERT [C]//Proceedings of the 2020 International Conference on Learning Representations. arXiv preprint, 2020, arXiv: 1904. 096-75.

[112] SELLAM T, DAS D, PARIKH A. BLEURT: Learning robust metrics for text generation [C]//Proceedings of the 58th Annual Meeting of the Association for Computational Linguistics. New Brunswick: Association for Computational Linguistics, 2020: 7881-7892.

[113] HASHIMOTO B T, ZHANG H, LIANG P. Unifying human and statistical evaluation for natural language generation [C]//Proceedings of the 2019 Conference of North American Chapter of the Association for Computational Linguistics. New Brunswick: ACL, 2019: 1689-1701.

[114] LI J N, LAN Y Y, GUO J F, et al. On the relation between quality-diversity evaluation and distribution-fitting goal in text generation [C]//Proceedings of the 37th International Conference on Machine Learning. Cambridge: JMLR. org, 2020: 5905-5915.

[115] SUTSKEVER I, VINYALS O, LE Q V. Sequence to sequence learning with neural networks [C]//Advances in Neural Information Processing Systems. Cambridge: MIT Press, 2014: 3104-3112.

[116] SHEN S Q, CHENG Y, HE Z J, et al. Minimum risk training for neural machine translation [C]//Proceedings of the 54th Annual Meeting of the Association for Computational Linguistics. New Brunswick: Association for Computational Linguistics, 2016: 1683-1692.

[117] 刘勰. 文心雕龙 [M]. 郑州: 中州古籍出版社, 2008.

[118] SCHUSTER M, PALIWAL K K. Bidirectional recurrent neural networks [J]. IEEE transactions on signal processing, 1997, 45 (11): 2673-2681.

[119] GOODFELLOW I J, WARDE-FARLEY D, MIRZA M, et al. Maxout networks [C]//Proceedings of the 30th International Conference on Machine Learning. Cambridge: JMLR. org, 2013: 1319-1327.

[120] MIHALCEA R, TARAU P. TextRank: bringing order into text [C]//Proceedings of the 2004 Conference on Empirical Methods in Natural Language Processing. New Brunswick: Association for Computational Linguistics, 2004: 404-411.

[121] KINGMA D P, BA J. Adam: a method for stochastic optimization [C]//Proceedings of the 2015 International Conference on Learning Representations. arXiv preprint, 2015, arXiv: 1412.6980.

[122] YI X Y, LI R Y, SUN M S. Generating Chinese plassical poems with RNN encoder-decoder [C]//Proceedings of the Sixteenth Chinese Computational Linguistics. Cambridge: IEEE, 2017: 211-223.

[123] PRITI S, MIYAKE A. Models of working memory: mechanisms of active maintenance and executive control [M]. Cambridge: Cambridge University Press, 1999.

[124] MCCUTCHEN D. Knowledge, processing, and working memory: implications for a theory of writing [J]. Educational Psychologist, 2000, 35 (1): 13-23.

[125] SANDERS T, SCHILPEROORD J, SPOOREN W. Text representation: linguistic and psycholinguistic aspects [M]. Amsterdam: John Benjamins Publishing, 2001.

[126] SUKHBAATAR S, SZLAM A, WESTON J, et al. End-to-end memory networks [C]//Advances in Neural Information Processing Systems. New York: Curran Associate Incorporated, 2015: 2440-2448.

[127] GRAVES A, WAYNE G, DANIHELKA I. Neural turing machines [J]. arXiv preprint, 2014, arXiv: 1410. 5401.

[128] GULCEHRE C, CHANDAR S, CHO K, et al. Dynamic neural Turing machine with soft and hard addressing schemes [J]. arXiv preprint, 2017, arXiv: 1607. 00036.

[129] CHO K, VAN MERRIËNBOER B, GULCEHRE C, et al. Learning phrase representations using RNN encoder-decoder for statistical machine translation [C]//Proceedings of the 2014 Conference on Empirical Methods in Natural Language Processing. New Brunswick: ACL, 2014: 1724-1734.

[130] JANG E, GU S X, POOLE B. Categorical reparameterization with Gumbel-softmax [C]//Proceedings of the 2017 International Conference on Learning Representations. arXiv preprint, 2017, arXiv: 1611. 01144.

[131] FUNG A Y H. The emerging (national) popular music culture in China [J]. Inter-Asia Cultural studies, 2007, 8 (3):

425-437.

[132] MIKOLOV T, CHEN K, CORRADO G, et al. Efficient estimation of word representations in vector space [J]. arXiv preprint, 2013, arXiv: 1301. 3781.

[133] SRIVASTAVA N, HINTON G, KRIZHEVSKY A, et al. Dropout: a simple way to prevent neural networks from overfitting [J]. The Journal of machine learning research, 2014, 15 (1): 1929-1958.

[134] TU Z P, LU Z D, LIU Y, et al. Modeling coverage for neural machine translation [C]//Proceedings of the 54th Annual Meeting of the Association for Computational Linguistics. New Brunswick: Association for Computational Linguistics, 2016: 76-85.

[135] SHEN T X, LEI T, BARZILAY R, et al. Style transfer from non-parallel text by cross-alignment [C]//Advances in Neural Information Processing Systems. New York: Curran Associates Incorporated, 2017: 6833-6844.

[136] LAMPLE G, SUBRAMANIAN S, SMITH E M, et al. Multiple-attribute text rewriting [C]//Proceedings of the 2019 International Conference on Learning Representations. arXiv preprint, 2019, arXiv: 1811. 00552.

[137] RAO S, TETREAULT J. Dear sir or madam, may I introduce the GYAFC dataset: corpus, benchmarks and metrics for formality style transfer [C]//Proceedings of the 2018 Conference of the North American Chapter of the Association for Computational Linguistics: Human Language Technologies. New Brunswick: ACL, 2018: 129-140.

[138] LUO F L, LI P, ZHOU J, et al. A dual reinforcement learning framework for unsupervised text style transfer [C]//Proceedings of the Twenty-Eighth International Joint Conference on Ar-

tificial Intelligence. San Francisco: Morgan Kaufmann, 2019: 5116-5122.

[139] FU Z X, TAN X Y, PENG N Y, et al. Style transfer in text: Exploration and evaluation [C]//Proceedings of the Thirty-Second AAAI Conference on Artificial Intelligence. Palo Alto: AAAI Press, 2018: 663-670.

[140] YANG Z C, HU Z T, DYER C, et al. Unsupervised text style transfer using language models as discriminators [C]//Advances in Neural Information Processing Systems. New York: Curran Associates Incorporated, 2018: 7298-7309.

[141] JOHN V, MOU L L, BAHULEYAN H, et al. Disentangled representation learning for non-parallel text style transfer [C]//Proceedings of the 57th Conference of the Association for Computational Linguistics. New Brunswick: Association for Computational Linguistics, 2019: 424-434.

[142] CRYSTAL D. New perspectives for language study 1: stylistics [J]. English Language Teaching, 1970, 24 (2): 99-106.

[143] EMBLER W. Style is as style does [J]. ETC: a review of general semantics, 1967, 24 (4): 447-454.

[144] DAI N, LIANG J Z, QIU X P, et al. Style transformer: unpaired text style transfer without disentangled latent representation [C]//Proceedings of the 57th Conference of the Association for Computational Linguistics. New Brunswick: Association for Computational Linguistics, 2019: 5997-6007.

[145] IDE N. Preparation and analysis of linguistic corpora [J]. A companion to digital humanities, 2004, 27: 278-305.

[146] ATANOV A, ASHUKHA A, STRUMINSKY K, et al. The deep weight prior [C]//Proceedings of the 2019 International Confer-

ence on Learning Representations. arXiv preprint, 2019, arXiv: 1810. 06943.

[147] REZENDE D J, MOHAMED S. Variational inference with normalizing flows [C]//Proceedings of the 32th International Conference on Machine Learning. Cambridge: JMLR. org, 2015: 1530-1538.

[148] KINGMA D P, DHARIWA P. Glow: generative flow with invertible 1×1 convolutions [C]//Advances in Neural Information Processing Systems. New York: Curran Associates Incorported, 2018: 10215-10224.

[149] MA X Z, ZHOU C T, LI X, et al. FlowSeq: Non-autoregressive conditional sequence generation with generative flow [C]//Proceedings of the 2019 Conference on Empirical Methods in Natural Language Processing and the 9th International Joint Conference on Natural Language Processing. New Brunswick: Association for Computational Linguistics, 2019: 4282-4292.

[150] KINGMA D P, SALIMANS T, JOZEFOWICZ R, et al. Improving variational inference with inverse autoregressive flow [C]// Advances in Neural Information Processing Systems. New York: Curran Associates Incorported, 2016: 4736-4744.

[151] GERMAIN M, GREGOR K, MURRAY I, et al. MADE: masked autoencoder for distribution estimation [C]//Proceedings of the 32th International Conference on Machine Learning. Cambridge: JMLR. org, 2015: 881- 889.

[152] WU X, ZHANG T, ZANG L J, et al. Mask and infill: Applying masked language model to sentiment transfer [C]//Proceedings of the Twenty-Eighth International Joint Conference on Artificial Intelligence. San Francisco: Morgan Kaufmann, 2019: 5271-5277.

[153] ZHU J Y, PARK T, ISOLA P, et al. Unpaired image-to-image translation using cycle-consistent adversarial networks [C]// Proceedings of the IEEE International Conference on Computer Vision. Cambridge: IEEE, 2017: 2223-2232.

[154] MIYATO T, KATAOKA T, KOYAMA M, et al. Spectral normalization for generative adversarial networks [C]//Proceedings of the 2018 International Conference on Learning Representations. arXiv preprint, 2018, arXiv: 1802. 05957.

[155] SHANG M Y, LI P J, FU Z X, et al. Semi-supervised text style transfer: Cross projection in latent space [C]//Proceedings of the 2019 Conference on Empirical Methods in Natural Language Processing and the 9th International Joint Conference on Natural Language Processing. New Brunswick: ACL, 2019: 4936-4945.

[156] BANDURA A. Social cognitive theory: an agentic perspective [J]. Annual Review of Psychology, 2001, 52 (1): 1-26.

[157] PRIOR P. Handbook of writing research [M]. New York: Guilford Press, 2006.

[158] LI J W, MONROE W, RITTER A, et al. Deep reinforcement learning for dialogue generation [C]//Proceedings of the 2016 Conference on Empirical Methods in Natural Language Processing. New Brunswick: Association for Computational Linguistics, 2016: 1192-1202.

[159] SERBAN I V, SORDONI A, BENGIO Y, et al. Building end-to-end dialogue systems using generative hierarchical neural network models [C]//Proceedings of the Thirtieth AAAI Conference on Artificial Intelligence. New York: AAAI Press, 2016: 3776-3784.

[160] LI J W, GALLEY M, BROCKETT C, et al. A diversity-promoting objective function for neural conversation models [C]//Pro-

ceedings of the 2016 Conference of the North American Chapter of the Association for Computational Linguistics: Human Language Technologies. New Brunswick: Association for Computational Linguistics, 2016: 110-119.

[161] MIYATO T, DAI A M, GOODFELLOW I. Adversarial training methods for semi-supervised text classification [C]//Proceedings of the 2017 International Conference on Learning Representations. arXiv preprint, 2017, arXiv: 1605. 07725.

[162] WILLIAMS R J. Simple statistical gradient-following algorithms for connectionist reinforcement learning [J]. Machine learning, 1992, 8 (3-4): 229-256.

[163] LI J W, MONROE W, SHI T L, et al. Adversarial learning for neural dialogue generation [C]//Proceedings of the 2017 Conference on Empirical Methods in Natural Language Processing. New Brunswick: Association for Computational Linguistics, 2017: 2157-2169.

[164] WANG K, WAN X J. SentiGAN: Generating sentimental texts via mixture adversarial networks [C]//Proceedings of the Twenty-Seventh International Joint Conference on Artificial Intelligence. San Francisco: Morgan Kaufmann, 2018: 4446-4452.

[165] BLEI D, NG A, JORDAN M. Latent Dirichlet allocation [J]. Machine learning research, 2003 (3): 993-1022.

[166] 周振甫. 文学风格例话 [M]. 上海: 复旦大学出版社, 2005.

[167] WEI J, ZHOU Q, CAI Y C. Poet-based poetry generation: controlling personal style with recurrent neural networks [C]//Proceedings of the Workshop on Computing, Networking and Communications. Cambridge: IEEE, 2018: 156-160.

[168] TIKHONOV A, YAMSHCHIKOV I P. Guess who? multilingual

approach for the automated generation of author-stylized poetry [C]//Proceedings of the 2018 IEEE Spoken Language Technology Workshop. Cambridge: IEEE, 2018: 787-794.

[169] DILTHEY W. Poetry and experience: volume 5 [M]. Princeton: Princeton University Press, 1985.

[170] OWEN S. Poetry and its historical background [J]. Chinese literature: essays, articles, reviews (CLEAR), 1990, 12: 107-118.

[171] HU Z T, YANG Z C, LIANG X D, et al. Toward controlled generation of text [C]//Proceedings of the 34th International Conference on Machine Learning. Cambridge: JMLR. org, 2017: 1587-1596.

[172] KINGMA D P, REZENDE D J, MOHAMED S, et al. Semi-supervised learning with deep generative models [C]//Advances in Neural Information Processing Systems. Cambridge: MIT Press, 2014: 3581-3589.

[173] DILOKTHANAKUL N, MEDIANO P A M, GARNELO M, et al. Deep unsupervised clustering with Gaussian mixture variational autoencoders [C]//Proceedings of the 2017 International Conference on Learning Representations. arXiv preprint, 2017, arXiv: 1611. 02648.

[174] MAKHZANI A, SHLENS J, JAITLY N, et al. Adversarial autoencoders [J]. arXiv preprint, 2015, arXiv: 1511. 05644.

[175] ROSCA M, LAKSHMINARAYANAN B, WARDE-FARLEY D, et al. Variational approaches for auto-encoding generative adversarial networks [J]. arXiv preprint, 2017, arXiv, 1706. 04987.

[176] MOHAMED S, LAKSHMINARAYANAN B. Learning in implicit generative models [J]. arXiv preprint, 2016, arXiv: 1610. 03483.

[177] ZHAO J, KIM Y, ZHANG K, et al. Adversarially regularized autoencoders [C]//Proceedings of the 37th International Con-

ference on Machine Learning. Cambridge: JMLR. org, 2018: 5897-5906.

[178] VINYALS O, DAI A M, JOZEFOWICZ R, et al. Generating sentences from a continuous space [C]//Proceedings of the 20th SIGNLL Conference on Computational Natural Language Learning. New Brunswick: ACL, 2016: 10-21.

[179] ZHAO T C, ZHAO R, ESKENAZI M. Learning discourse-level diversity for neural dialog models using conditional variational autoencoders [C]//Proceedings of the 55th Annual Meeting of the Association for Computational Linguistics. New Brunswick: Association for Computational Linguistics, 2017: 654-664.

[180] MIYATO T, KOYAMA M. cGANs with projection discriminator [C]//Proceedings of the 2018 International Conference on Learning Representations. arXiv preprint, 2018, arXiv: 1802.05637.

[181] VRIES D H, STRUB F, MARY J, et al. Modulating early visual processing by language [C]//Advances in Neural Information Processing Systems. Cambridge: MIT Press, 2017: 6594-6604.

[182] MAATEN V D L, HINTON G. Visualizing data using t-SNE [J]. Journal of Machine Learning Research, 2008, 9 (86): 2579-2605.

[183] 梁健楠, 孙茂松, 矣晓沅, 等. 基于神经网络的集句诗自动生成 [J]. 中文信息学报, 2019, 33 (3): 126-135.

[184] 梁健楠, 孙茂松, 矣晓沅. 基于深度神经网络的诗词检索 [J]. 中文信息学报, 2020, 34 (12): 82-91.

[185] KONCEL-KEDZIORSKI R, BEKAL D, LUAN Y, et al. Text Generation from Knowledge Graphs with Graph Transformers [C]//Proceedings of the 2019 Conference of the North American Chapter of the Association for Computational Linguistics. New

Brunswick: Association for Computational Linguistics, 2019: 2284-2293.

[186] JI H, KE P, HUANG S, et al. Language generation with multi-hop reasoning on commonsense knowledge graph [C]// Proceedings of the 2020 Conference on Empirical Methods in Natural Language Processing. New Brunswick: Association for Computational Linguistics, 2020: 725-736.

附录

更多九歌系统生成的诗词

七绝
芳草

二十四桥春水深,
夕阳芳草绿杨阴。
数声啼鸟无人语,
一片飞花落客心。

七绝
文章

笔墨文章天下事,
光芒谀墓复何年。
老夫不负平生志,
肯写青山万古篇。

五绝
酒·匆匆

风雨催诗酒,
江湖送客槎。
一樽聊共酌,
两鬓已匆华。

五绝
诗书

江湖风浩浩,
山月夜悠悠。
漂泊悲萍梗,
诗成慰旅愁。

附录　更多九歌系统生成的诗词

踏莎行
壮志

英气凌云，平生壮志。不知身世谁能继。且将心事与君看，人间富贵非吾意。

惟有清泉，几番风味。十年京洛尘埃外。万家灯火夜堂前，相逢一笑谈天地。

海棠春
新妆·歌舞

羽衣舞罢春风去，空翠袖、新妆淡伫。待唤小桃笙，一曲清歌谱。

玉箫声里闻莺语，又谁问、娇红粉素。笑脸晕胭脂，弄影窥帘户。

水龙吟
雨·月·闲愁·归思

闲愁又逐东风去，吹落一庭花絮。几番归思，今宵梦里，那堪重诉。月满西窗，魂销南浦，云迷烟树。泪湿罗衫袖，谁知此意，只消得、凄凉雨。

独自倚阑凝伫。悄无言、情牵恨缕。心伤别后，天涯远望，总成虚度。更漏声残，灯昏人静，夜寒何苦。念流光万里，难凭寄语，可怜幽绪。

苏幕遮
柳絮·闲愁

柳阴晴，桃杏雨。闲倚阑干，不管春愁绪。
燕子飞来花外路。旧恨难禁，芳草连天絮。
倦游人，归去住。残月斜阳，寂寞东风暮。
一片轻寒欺鬓露。瘦损腰围，憔悴行吟处。

沁园春
离别·相思

离别难逢，空怅望眼，星斗横飞。盼断鸿归去，天涯此际；凭谁洒泪，写入罗衣。冷落灯花，愁边梦里，无限相思总是伊。伤心处，镜鸾羞见影，锦字成灰。

依稀记得双眉，怕明月今宵能几时。料想妆台畔，烟波隔浦；江山似旧，憔悴何知。纵有情愫，那堪更忆，多少凄凉新入词。浑忘却，数声啼鴂底，欲诉还疑。

致谢

衷心感谢我的导师孙茂松教授多年来对我的悉心指导和培养。从本科开始的七年间，您一直指导着我的科研工作，您严谨求实、深耕不辍的治学态度始终是我的榜样。在研究生入学后，您曾对我说过"求上者得中，求中者得下"，这一警句我一直铭记至今，并以此不断激励自己在科研路上步履不停。科研之外，您深厚的古典文学素养、文雅情怀以及贡献国家与社会的责任担当在我迷茫懈怠时为我指明了方向。

感谢实验室的刘知远老师，您不仅在学术上多次为我答疑解惑，也经常关心和关注我的生活及课外活动，为我在学术研究和未来发展的规划上提供了宝贵的建议。感谢实验室的刘洋老师，您传授的论文写作方法以及给予我的诸多建议，帮助我在自己的研究上取得了长足的进步，您在科研上的精益求精、博学笃行也一直是我追求的目标。此外感谢贾珈、韩文弢、易鑫、马为之等老师，几位老师代表计算机系为我提供了各种帮助和便利，让我能以病弱之躯顺利进行学术研究。

感谢九歌团队的杨成、陈慧敏、梁健楠、郭志芃、李文浩、胡锦毅，以及曾在团队实习过的张钰晖、杨宗瀚、魏钧宇等同学，是你们的共同努力让九歌系统得以不断发展。感谢当初与我一同开始研究的李若愚同学，你在毕业之后仍然不断支持和参与我的工作，为我提供了诸多宝贵的建议与帮助。感谢实验室的涂存超、沈世奇、谢若冰、张嘉成、刘正皓、王宇星、尹向荣等小伙伴对我的帮助和陪伴。

我还要感谢张天扬、匡冲、霍帅、韩奕几位本科辅导员一直以来对我学业和身心状况的关心与帮助。感谢计25班的各位小伙伴以及计二年级的所有同学，你们是与我常年相伴的好友，亦是我学习道路上拼搏奋进的目标与榜样。

特别对我的家人表示由衷的感谢。感谢我的母亲郭琼芬女士，您在清华园内九年如一日，不离不弃地陪伴着轮椅上的我，牺牲了自己的工作和生活，成为我的双腿以支持我的学习，您的陪伴是我不懈奋斗的最大动力！感谢我的父亲、妹妹和其他亲友，感谢你们在家乡对我物质和精神上的支持与鼓励，在我人生的关键节点都充分尊重我的选择，让我得以顺利走完这段漫长的旅程，并向新的目标迈进。

致 谢

最后感谢清华大学，清华以其厚德之精神接纳了残障的我，让我得以有机会在这所高等学府中自立、自强、自由地奋斗拼搏，追逐梦想。在今后的人生道路上，我将永远铭记清华的校训，继续奔赴自己的执着与热爱，力争能对国家与社会有所贡献，并将这所学校给予我的德与善传播给更多身陷困苦之人。

丛书跋

2006年,中国计算机学会(简称CCF)创立了CCF优秀博士学位论文奖(简称CCF优博奖),授予在计算机科学与技术及其相关领域的基础理论或应用基础研究方面有重要突破,或在关键技术和应用技术方面有重要创新的中国计算机领域博士学位论文的作者。微软亚洲研究院自CCF优博奖创立之初就大力支持此项活动,至今已有十余年。双方始终维持着良好的合作关系,共同增强CCF优博奖的影响力。自创立始,CCF优博奖激励了一批又一批优秀年轻学者成长,帮他们赢得了同行认可,也为他们提供了发展支持。

为了更好地展示我国计算机学科博士生教育取得的成效,推广博士生科研成果,加强高端学术交流,CCF委托机械工业出版社以"CCF优博丛书"的形式,全文出版荣获CCF优博奖的博士学位论文。微软亚洲研究院再一次给予了大力支持,在此我谨代表CCF对微软亚洲研究院表示由衷的感谢。希望在双方的共同努力下,"CCF 优博丛书"可以激励更多的年轻学者做出优秀成果,推动我国计算机领域的科技进步。

唐卫清
中国计算机学会秘书长
2022 年 9 月